biblio collège

L'Île au trésor

Stevenson

Traduction de Déodat Serval

Notes, questionnaires et dossier Bibliocollège
par **Jean-Claude LANDAT**,
professeur au lycée professionnel Robert-Desnos
de Crépy-en-Valois
et professeur associé à l'IUFM d'Amiens

Crédits photographiques
p. 5 : © musée de la Marine. **p. 9 :** © Harlingue-Viollet. **pp. 7, 10, 12, 13, 23, 30, 39, 58, 83, 127, 137, 154, 172,** © Photothèque Hachette Livre. **p. 62 haut :** © France 3. **pp. 22, 42, 44 :** © Prod. **pp. 62 bas, 70, 89, 122, 149, 182, 190 :** © Walt Disney Prod. **pp. 124, 142, 159 :** © Cong S.A., *L'Île au trésor*, bande dessinée d'Hugo Pratt parue aux Éditions Casterman, 1988 (vignettes pp. 87 et 101 de l'album).

Conception graphique
Couverture : *Laurent Carré*
Intérieur : *ELSE*

Mise en page
Médiamax

Illustration des questionnaires
Harvey Stevenson

ISBN : 978-2-01-168694-7

Sommaire

DOSSIER BIBLIOCOLLÈGE

Introduction

Que peut-on imaginer quand on parle d'île au trésor ?
Une carte mystérieuse indiquant un itinéraire à suivre pour découvrir une cachette ?
Une taverne où des marins, ivres, se battent et s'entretuent ?
Un océan agité par la tempête qui secoue dangereusement une goélette hissant le pavillon noir orné d'une tête de mort et de tibias entrecroisés ?
Un pirate amputé d'une jambe, le bandeau collé sur un œil, une cicatrice sur la joue, un perroquet bavard sur l'épaule, le moignon d'un bras prolongé par un crochet, une béquille coincée sous l'aisselle, le sabre au poing prêt pour l'abordage ?
Une île lointaine et exotique, baignée de soleil, recelant un riche trésor, promesse d'une nouvelle vie oisive, heureuse et enfin paisible ?
Si vous pensez à tout cela, alors vous êtes déjà immergé(e) dans le roman d'aventures.
En lisant *L'Île au trésor*, vous vous

apprêtez à vivre les aventures mouvementées du jeune Jim Hawkins.
Ce garçon d'une douzaine d'années a découvert une carte dans le coffre d'un vieux loup de mer. Il s'agit de la carte de l'île au trésor. Jim confie sa découverte au châtelain Trelawney et au docteur Livesey. Une expédition maritime est aussitôt préparée. L'aventure va enfin commencer, et quelle aventure !
C'est à la demande de son beau-fils, Lloyd, âgé de douze ans, que Stevenson dessina la carte d'une île. De cette carte et de l'imagination des deux complices naquirent des personnages et une histoire avec des combats, des rebondissements, du suspense… Publiée d'abord en 1881 et 1882 sous forme de feuilleton pour le magazine *Young Folks* (Jeunes Gens), l'histoire fut ensuite éditée sous forme de roman en 1883, pour la grande joie de Lloyd et de ses contemporains. Depuis, le succès de ce roman ne s'est jamais démenti.
Encore aujourd'hui, cette fascination pour les romans d'aventures agit toujours et vous n'y échapperez pas en embarquant sur l'*Hispaniola* avec Jim, le châtelain Trelawnay, le docteur Livesey, le capitaine Smollett, Israël Hands, mais aussi le marin unijambiste Long John Silver (maître coq, c'est-à-dire cuisinier). Il a la jambe gauche coupée au ras de la hanche et s'appuie sur une béquille dont il se sert avec une prodigieuse dextérité. Il ne se sépare jamais de son perroquet « Capitaine Flint ».
Si vous participez à ce chaotique voyage, vous débarquerez sur l'île et vous pourrez faire la connaissance de l'inattendu Ben Gunn, un pirate « marronné », abandonné sur l'île déserte depuis trois ans par le pirate Flint.
Alors bon vent et soyez prudent(e) en partant à l'abordage. Si vous découvrez le trésor, vous reviendrez plus riche… de cette lecture et vous aurez l'âme encore plus aventurière… pour dévorer d'autres romans d'aventures.

À
S.L.O.[1]

Citoyen américain
Dont on a voulu satisfaire le goût classique
En composant le récit suivant,
En retour de tant d'heures agréables,
Et avec ses meilleurs vœux,
Ce livre est dédié
Par son affectueux ami,

L'AUTEUR.

L'*Hispaniola*, dessin de George Roux, collection Hetzel, Paris, 1885.

note

1. S.L.O. : Samuel Lloyd Osburne, beau-fils de Stevenson.

À L'ACHETEUR HÉSITANT

Si des histoires de mer aux chansons de matelot,
La tempête et l'aventure, la chaleur et le froid,
Si des goélettes[1], les îles, les robinsons marronnés[2],
    Et les flibustiers[3], et l'or bien caché,
    Et toute la vieille histoire romanesque,
    Exactement redite à la façon de jadis
Peuvent plaire, comme elles m'ont plu autrefois,
    À la jeunesse plus sage d'aujourd'hui :
– Alors, ainsi soit-il, allons-y ! Sinon !
Si la studieuse jeunesse a perdu cette soif,
Si elle a oublié ses anciennes passions,
    Kingston[4], ou Ballantyne[4] le brave,
    Ou Cooper[4] des bois et des vagues :
Alors, tant pis, ainsi soit-il encore ! et qu'avec
    Tous mes pirates je partage la tombe
Où ceux-ci reposent avec leurs créations !

notes

1. goélettes : voiliers à deux mâts.

2. marronnés : adjectif qui qualifiait les esclaves fugitifs.

3. flibustiers : pirates.

4. Kingston, Ballantyne, Cooper : auteurs de romans d'aventures du XIXe siècle.

Robert Louis Stevenson (1850-1894).

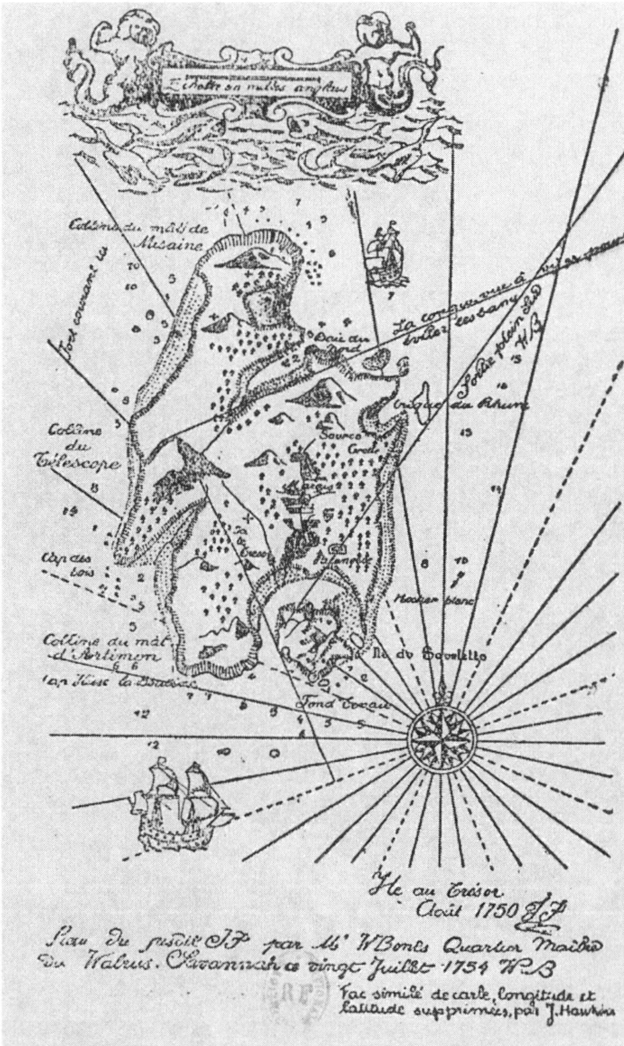

Carte de l'île au trésor, collection Hetzel, Paris, 1885.

PERSONNAGES PRINCIPAUX

JIM HAWKINS, narrateur et personnage de l'histoire qu'il raconte.

LE DOCTEUR LIVESEY, autre narrateur du récit, médecin et magistrat.

LE CHEVALIER TRELAWNEY, « gentilhomme de naissance » et riche propriétaire. Armateur de l'*Hispaniola*.

LE CAPITAINE SMOLLETT, capitaine de l'*Hispaniola*, engagé par le chevalier. Il a la responsabilité de toutes les opérations maritimes et terrestres.

BILLY BONES, dit « le Capitaine », pirate et hors-la-loi, ancien lieutenant de Flint, aujourd'hui à la retraite.

LONG JOHN SILVER, dit « Cochon-Rôti », pirate retiré des affaires, aubergiste à l'enseigne de *La Longue-Vue* puis maître coq à bord de l'*Hispaniola*.

ISRAËL HANDS, quartier-maître à bord de l'*Hispaniola*, ancien canonnier de Flint.

BEN GUNN, ancien pirate redevenu marin, puis abandonné par ses compagnons sur l'île déserte où il voulait retrouver le trésor de Flint.

« CAPITAINE FLINT », perroquet de Silver. Il a emprunté son vocabulaire au véritable capitaine Flint.

Illustration de George Roux, collection Hetzel, Paris, 1885.

Le vieux flibustier

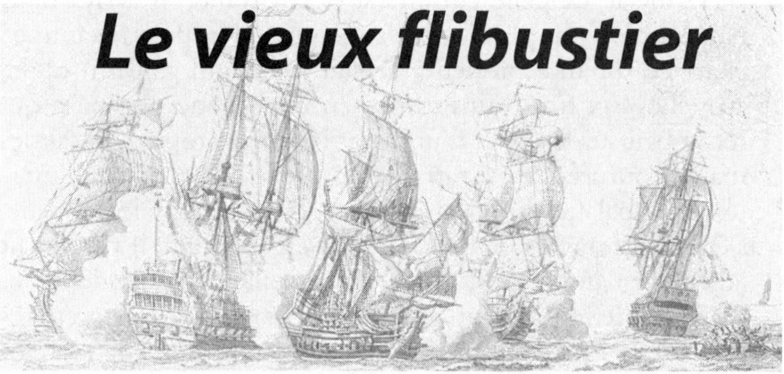

Chapitre 1 — Le vieux loup de mer[1] de l'Amiral Benbow

C'est sur les instances[2] de M. le chevalier Trelawney, du docteur Livesey et de tous ces messieurs en général, que je me suis décidé à mettre par écrit tout ce que je sais concernant l'île au trésor, depuis A jusqu'à Z, sans rien excepter que[3] la position de l'île, et cela uniquement parce qu'il s'y trouve toujours une partie du trésor. Je prends donc la plume en cet an de grâce 17..., et commence mon récit à l'époque où mon père tenait l'auberge de l'*Amiral Benbow*, en ce jour où le vieux marin, au visage basané et balafré[4] d'un coup de sabre, vint prendre gîte[5] sous notre toit.

notes

1. ***loup de mer :*** marin expérimenté.
2. ***sur les instances :*** à la demande.
3. ***sans rien excepter que :*** sauf, à part.
4. ***basané et balafré :*** bronzé et entaillé d'une cicatrice.
5. ***prendre gîte :*** loger, habiter.

Je me le rappelle comme si c'était d'hier. Il arriva d'un pas lourd à la porte de l'auberge, suivi de sa cantine[1] charriée sur une brouette. C'était un grand gaillard solide, aux cheveux très bruns tordus en une queue poisseuse qui retombait sur le collet d'un habit bleu malpropre ; il avait les mains couturées de cicatrices, les ongles noirs et déchiquetés, et la balafre du coup de sabre, d'un blanc sale et livide, s'étalait en travers de sa joue. Tout en sifflotant, il parcourut la crique[2] du regard, puis de sa vieille voix stridente et chevrotante qu'avaient rythmée et cassée les manœuvres du cabestan[3], il entonna cette antique rengaine[4] de matelot qu'il devait nous chanter si souvent par la suite :

Nous étions quinze sur le coffre du mort…
Yo-ho-ho ! et une bouteille de rhum !

Après quoi, de son bâton, une sorte d'anspect[5], il heurta contre la porte et, à mon père qui s'empressait, commanda brutalement un verre de rhum. Aussitôt servi, il le but posément et le dégusta en connaisseur, sans cesser d'examiner tour à tour les falaises et notre enseigne[6].

–Voilà une crique commode, dit-il à la fin, et un cabaret agréablement situé. Beaucoup de clientèle, camarade ?

Mon père lui répondit négativement : très peu de clientèle ; si peu que c'en était désolant.

– Eh bien ! alors, reprit-il, je n'ai plus qu'à jeter l'ancre... Hé ! l'ami, cria-t-il à l'homme qui poussait la brouette,

notes

1. cantine : coffre dans lequel le marin range ses affaires.

2. crique : petite baie.

3. cabestan : treuil qui facilite les manœuvres exigeant de gros efforts.

4. antique rengaine : vieille chanson.

5. anspect : levier de bois ferré à son extrémité qui permet de manœuvrer les canons et d'autres charges lourdes.

6. enseigne : panneau distinctif placé sur la façade d'un commerce.

accostez ici et aidez à monter mon coffre... Je resterai ici quelque temps, continua-t-il. Je ne suis pas difficile : du rhum et des œufs au lard, il ne m'en faut pas plus, et cette pointe là-haut pour regarder passer les bateaux. Comment vous pourriez m'appeler ? Vous pourriez m'appeler capitaine... Ah ! je vois ce qui vous inquiète... Tenez ! (Et il jeta sur le comptoir trois ou quatre pièces d'or.) Vous me direz quand j'aurai tout dépensé, fit-il, l'air hautain comme un capitaine de vaisseau.

Et à la vérité, en dépit de ses piètres effets[1] et de son rude langage, il n'avait pas du tout l'air d'un homme qui a navigué à l'avant[2] : on l'eût pris plutôt pour un second[3] ou pour un capitaine qui ne souffre pas la désobéissance. L'homme à la brouette nous raconta que la malle-poste[4] l'avait déposé la veille au *Royal George*, et qu'il s'était informé des auberges qu'on trouvait le long de la côte. On lui avait dit du bien de la nôtre, je suppose, et pour son isolement il l'avait choisie comme gîte. Et ce fut là tout ce que nous apprîmes de notre hôte.

Il était ordinairement très taciturne[5]. Tout le jour il rôdait alentour de la baie, ou sur les falaises, muni d'une lunette d'approche en cuivre ; toute la soirée il restait dans un coin de la salle, auprès du feu, à boire des grogs au rhum très forts. La plupart du temps, il ne répondait pas quand on s'adressait à lui, mais vous regardait brusquement d'un air féroce, en soufflant par le nez telle une corne d'alarme ; aussi, tout

notes

1. piètres effets : vêtements très usés.

2. naviguer à l'avant : comme un simple matelot (et non comme un officier).

3. second : premier grade des officiers.

4. malle-poste : voiture tirée par des chevaux qui transporte le courrier et quelques voyageurs.

5. taciturne : très peu bavard.

comme ceux qui fréquentaient notre maison, nous apprîmes vite à le laisser tranquille. Chaque jour, quand il rentrait de sa promenade, il s'informait s'il était passé des gens de mer quelconques sur la route. Au début, nous crûmes qu'il nous posait cette question parce que la société de ses pareils lui manquait ; mais, à la longue, nous nous aperçûmes qu'il préférait les éviter. Quand un marin s'arrêtait à l'*Amiral Benbow* – comme faisaient parfois ceux qui gagnaient Bristol par la route de la côte –, il l'examinait à travers le rideau de la porte avant de pénétrer dans la salle et, tant que le marin était là, il ne manquait jamais de rester muet comme une carpe. Mais pour moi il n'y avait pas de mystère dans cette conduite, car je participais en quelque sorte à ses craintes. Un jour, me prenant à part, il m'avait promis une pièce de dix sous à chaque premier de mois, si je voulais « veiller au grain[1] » et le prévenir dès l'instant où paraîtrait « un homme de mer à une jambe ». Le plus souvent, lorsque venait le premier du mois et que je réclamais mon salaire au capitaine, il se contentait de souffler par le nez et de me foudroyer du regard ; mais la semaine n'était pas écoulée qu'il se ravisait[2] et me remettait ponctuellement mes dix sous, en me réitérant[3] l'ordre de veiller à « l'homme de mer à une jambe ».

Si ce personnage hantait mes songes, il est inutile de le dire. Par les nuits de tempête où le vent secouait la maison par les quatre coins tandis que le ressac[4] mugissait dans la crique et contre les falaises, il m'apparaissait sous mille formes diverses et avec mille physionomies diaboliques.

notes

1. veiller au grain : surveiller.

2. il se ravisait : il changeait d'avis.

3. réitérant : répétant.

4. ressac : retour violent des vagues après un choc contre un obstacle.

Tantôt la jambe lui manquait depuis le genou, tantôt dès la hanche ; d'autres fois, c'était un monstre qui n'avait jamais possédé qu'une seule jambe, située au milieu de son corps. Le pire de mes cauchemars était de le voir s'élancer par bonds et me poursuivre à travers champs. Et, somme toute, ces abominables imaginations me faisaient payer bien cher mes dix sous mensuels.

Mais, en dépit de la terreur que m'inspirait l'homme de mer à une jambe, j'avais beaucoup moins peur du capitaine en personne que tous les autres qui le connaissaient. À certains soirs, il buvait du grog beaucoup plus qu'il n'en pouvait supporter ; et, ces jours-là, il s'attardait parfois à chanter ses sinistres et farouches vieilles complaintes[1] de matelot, sans souci de personne. Mais, d'autres fois, il commandait une tournée générale, et obligeait l'assistance intimidée à ouïr[2] des récits ou à reprendre en chœur ses refrains. Souvent j'ai entendu la maison retentir du « Yo-ho-ho ! et une bouteille de rhum ! », alors que tous ses voisins l'accompagnaient à qui mieux mieux pour éviter ses observations. Car c'était, durant ces accès, l'homme le plus tyrannique du monde : il claquait de la main sur la table pour exiger le silence, il se mettait en fureur à cause d'une question, ou voire même[3] si l'on n'en posait point, car il jugeait par là que l'on ne suivait pas son récit. Et il n'admettait point que personne quittât l'auberge avant que lui-même, ivre mort, se fût traîné jusqu'à son lit.

Ce qui effrayait surtout le monde, c'étaient ses histoires. Histoires épouvantables, où il n'était question que

notes

1. complaintes : chansons tristes.

2. ouïr : entendre.

3. voire même : éventuellement.

d'hommes pendus ou jetés à l'eau, de tempêtes en mer, et des îles de la Tortue[1], et d'affreux exploits aux pays de l'Amérique espagnole. De son propre aveu, il devait avoir vécu parmi les pires sacripants[2] auxquels Dieu permît jamais de naviguer. Et le langage qu'il employait dans ses récits scandalisait nos braves paysans presque à l'égal des forfaits[3] qu'il narrait[4]. Mon père ne cessait de dire qu'il causerait la ruine de l'auberge, car les gens refuseraient bientôt de venir s'y faire tyranniser et humilier, pour aller ensuite trembler dans leurs lits ; mais je croirais plus volontiers que son séjour nous était profitable. Sur le moment, les gens avaient peur, mais à la réflexion ils ne s'en plaignaient pas, car c'était une fameuse distraction dans la morne routine villageoise. Il y eut même une coterie[5] de jeunes gens qui affectèrent[6] de l'admirer, l'appelant « un vrai loup de mer », « un authentique vieux flambart[7] », et autres noms semblables, ajoutant que c'étaient les hommes de cette trempe qui font l'Angleterre redoutable sur mer.

Dans un sens, à la vérité, il nous acheminait vers la ruine, car il ne s'en allait toujours pas : des semaines s'écoulèrent, puis des mois, et l'acompte était depuis longtemps épuisé, sans que mon père trouvât jamais le courage de lui réclamer le complément. Lorsqu'il y faisait la moindre allusion, le capitaine soufflait par le nez, avec un bruit tel qu'on eût dit un rugissement, et foudroyait du regard mon pauvre père, qui s'empressait de quitter la salle. Je l'ai vu se tordre les mains après l'une de ces rebuffades[8], et je ne doute pas que

notes

1. îles de la Tortue : îles des Antilles.

2. sacripants : bandits.

3. forfaits : crimes.

4. qu'il narrait : qu'il racontait.

5. coterie : petit groupe.

6. qui affectèrent : qui firent semblant.

7. flambart : fanfaron.

8. rebuffades : refus désagréables.

le souci et l'effroi où il vivait hâtèrent de beaucoup sa fin malheureuse et anticipée.

De tout le temps qu'il logea chez nous, à part quelques paires de bas qu'il acheta d'un colporteur[1], le capitaine ne renouvela en rien sa toilette. L'un des coins de son tricorne[2] s'étant cassé, il le laissa pendre depuis lors, bien que ce lui fût d'une grande gêne par temps venteux. Je revois l'aspect de son habit, qu'il rafistolait lui-même dans sa chambre de l'étage et qui, dès avant la fin, n'était plus que pièces. Jamais il n'écrivit ni ne reçut une lettre, et il ne parlait jamais à personne qu'aux gens du voisinage, et cela même presque uniquement lorsqu'il était ivre de rhum. Son grand coffre de marin, nul d'entre nous ne l'avait jamais vu ouvert.

On ne lui résista qu'une seule fois, et ce fut dans les derniers temps, alors que mon pauvre père était déjà gravement atteint de la phtisie[3] qui devait l'emporter. Le docteur Livesey, venu vers la fin de l'après-midi pour visiter son patient, accepta que ma mère lui servît un morceau à manger, puis, en attendant que son cheval fût ramené du hameau – car nous n'avions pas d'écurie au vieux *Benbow* –, il s'en alla fumer une pipe dans la salle. Je l'y suivis, et je me rappelle encore le contraste frappant que faisait le docteur, bien mis et allègre[4], à la perruque poudrée à blanc, aux yeux noirs et vifs, au maintien distingué, avec les paysans rustauds[5], et surtout avec notre sale et blême[6] épouvantail de pirate, avachi dans l'ivresse et les coudes sur la table. Soudain, il se mit – je parle du capitaine – à entonner son sempiternel[7] refrain :

notes

1. colporteur : marchand ambulant.

2. tricorne : chapeau à trois cornes.

3. phtisie : tuberculose.

4. bien mis et allègre : bien habillé et de bonne humeur.

5. paysans rustauds : paysans maladroits et grossiers dans les manières.

6. blême : pâle.

7. sempiternel : éternel.

Nous étions quinze sur le coffre du mort…
Yo-ho-ho ! et une bouteille de rhum !
La boisson et le diable ont expédié les autres,
Yo-ho-ho ! et une bouteille de rhum !

Au début, j'avais cru que « le coffre du mort » était sa grande cantine de là-haut dans la chambre de devant, et cette imagination s'était amalgamée[1] dans mes cauchemars avec celle de l'homme de mer à une jambe. Mais, à cette époque, nous avions depuis longtemps cessé de faire aucune attention au refrain ; il n'était nouveau, ce soir-là, que pour le seul docteur Livesey, et je m'aperçus qu'il produisait sur lui un effet rien moins qu'agréable, car le docteur leva un instant les yeux avec une véritable irritation avant de continuer à entretenir le vieux Taylor, le jardinier, d'un nouveau traitement pour ses rhumatismes. Cependant, le capitaine s'excitait peu à peu à sa propre musique, et il finit par claquer de la main sur sa table, d'une manière que nous connaissions tous et qui exigeait le silence. Aussitôt, chacun se tut, sauf le docteur Livesey qui poursuivit comme devant[2], d'une voix claire et courtoise[3], en tirant une forte bouffée de sa pipe tous les deux ou trois mots. Le capitaine le dévisagea un instant avec courroux[4], fit claquer de nouveau sa main, puis le toisa d'un air farouche, et enfin lança avec un vil et grossier juron[5].

– Silence, là-bas dans l'entrepont !

– Est-ce à moi que ce discours s'adresse, monsieur ? fit le docteur.

notes

1. amalgamée : mélangée.
2. comme devant : comme avant.
3. courtoise : aimable.
4. courroux : colère.
5. juron : gros mot.

Et quand le butor[1] lui eut déclaré, avec un nouveau juron, qu'il en était ainsi :

– Je n'ai qu'une chose à vous dire, monsieur, répliqua le docteur, c'est que si vous continuez à boire du rhum de la sorte, le monde sera vite débarrassé d'un très ignoble gredin[2] !

La fureur du vieux drôle fut terrible. Il se dressa d'un bond, tira un coutelas[3] de marin qu'il ouvrit, et le balançant sur la main ouverte, s'apprêta à clouer au mur le docteur.

Celui-ci ne broncha point. Il continua de lui parler comme précédemment, par-dessus l'épaule, et du même ton, un peu plus élevé peut-être, pour que toute la salle entendît, mais parfaitement calme et posé :

– Si vous ne remettez à l'instant ce couteau dans votre poche, je vous jure sur mon honneur que vous serez pendu aux prochaines assises[4].

Ils se mesurèrent du regard, mais le capitaine céda bientôt, remisa son arme et se rassit, en grondant comme un chien battu.

– Et maintenant, monsieur, continua le docteur, sachant désormais qu'il y a un tel personnage dans ma circonscription, vous pouvez compter que j'aurai l'œil sur vous nuit et jour. Je ne suis pas seulement médecin, je suis aussi magistrat ; et s'il m'arrive la moindre plainte contre vous, fût-ce pour un esclandre[5] comme celui de ce soir, je prendrai les mesures efficaces pour vous faire arrêter et expulser du pays. Vous voilà prévenu.

notes

1. *butor :* brute, malappris.

2. *gredin :* vaurien.

3. *coutelas :* grand couteau, sabre droit ou recourbé.

4. *aux prochaines assises :* aux prochaines séances du tribunal.

5. *esclandre :* scandale.

Peu après, on amenait à la porte le cheval du docteur Livesey, et celui-ci s'en alla ; mais le capitaine se tint tranquille pour cette soirée-là et nombre de suivantes.

suite p. 27

Jim Hawkins (Jackie Cooper) et Billy Bones (Lionel Barrymore) dans le film de Victor Fleming (1934).

« La fureur du vieux drôle fut terrible »,
dessin de George Roux, collection Hetzel, Paris, 1885.

Au fil du texte

Questions sur les dédicaces et le chapitre 1 (pages 7 à 22)

AVEZ-VOUS BIEN LU ?

1. À qui s'adresse l'auteur dans les deux dédicaces* des pages 7 et 8 ?

2. De quel genre d'histoire est-il question ? Cochez la bonne réponse.

☐ science fiction ☐ policier
☐ aventures ☐ fantastique

3. Justifiez votre réponse à la question 2.

4. Quelle est la crainte de l'auteur à l'égard de *« l'acheteur hésitant »* (p. 8) ?

5. Présentez la liste des personnages que le lecteur découvre dans le chapitre 1.

6. Faites le portrait physique et moral de Billy Bones.

7. Relevez les éléments de la personnalité du docteur Livesey qui contrastent avec celle de Billy Bones.

8. Relevez les passages qui montrent que Billy Bones inspire à la fois de la peur et de l'admiration à Jim Hawkins.

dédicace : **texte destiné à une personne à qui l'on veut rendre hommage en lui destinant le livre.**

sens propre : **un mot est au sens propre quand il est utilisé dans son sens premier ou son sens le plus courant.**

ÉTUDIER LE VOCABULAIRE

9. Expliquez le sens propre* des expressions suivantes :
« je n'ai plus qu'à jeter l'ancre... » (l. 35) ;
« accostez ici » (l. 37) ;
« veiller au grain » (l. 77-78) ;
« – Silence, là-bas dans l'entrepont ! » (l. 196).

10. Expliquez leur emploi au sens figuré* dans le texte.

Étudier le discours

11. Qui va raconter cette histoire ?

12. Pourquoi peut-on dire qu'il s'agit d'un narrateur personnage* ?

13. Relevez la phrase du premier paragraphe qui montre que cette histoire appartient au passé.

Étudier la place de l'extrait dans l'œuvre

14. Après avoir lu le premier chapitre, quelles questions le lecteur peut-il se poser à propos de :
– Billy Bones et son coffre ?
– Jim Hawkins ?
– la suite qui sera donnée à ce début d'aventure ?

Lire l'image

Document page 22.

15. Relevez les éléments de l'image qui rendent Billy Bones terrifiant.

16. Décrivez l'attitude de Jim Hawkins et précisez quels sentiments elle traduit.

Document page 23.

17. Qui sont les personnages figurant au premier plan ?

18. Quels éléments de l'image témoignent selon vous de la violence de leur affrontement ?

19. Décrivez l'attitude des personnages et l'expression de leur visage pour en déduire leurs sentiments.

sens figuré : **un mot est au sens figuré quand il est utilisé dans un sens différent du sens habituel.**

narrateur personnage : **l'un des personnages qui raconte l'histoire du roman dont il est l'acteur.**

À VOS PLUMES !

20. Décrivez à votre tour et à la manière de Stevenson le portrait d'un personnage étrange que vous avez pu rencontrer par le passé.
Vous pourrez commencer comme dans l'histoire par :
« Je me le rappelle comme si c'était hier. Il arriva d'un pas... »

21. Réalisez un dessin représentant l'auberge, la crique, les falaises...

Chapitre 4 — Le coffre de mer

[Après avoir affronté les pirates qui le recherchaient, le « vieux loup de mer » (Billy Bones) succombe, frappé d'une apoplexie foudroyante.]

Je poussais bien vite le verrou, et nous restâmes une minute dans le noir, tout pantelants[1], seuls sous ce toit avec le cadavre du capitaine. Puis ma mère prit une chandelle dans l'estaminet[2] et, nous tenant par la main, nous pénétrâmes dans la salle. Le corps gisait toujours dans la même position, les yeux béants[3] et un bras étendu.

– Baisse le store, Jim, chuchota ma mère ; s'ils arrivaient, ils nous verraient du dehors... Là... Et maintenant, il nous faut trouver la clef sur ce cadavre : je voudrais bien savoir qui de nous va y toucher !

Et elle eut une sorte de sanglot.

Je m'agenouillai à côté du mort. Près de sa main, sur le parquet, je vis un petit rond de papier noirci sur une face. C'était évidemment la *tache noire*. Je pris le papier et le retournai. Au verso, correctement tracé d'une main ferme, je lus ce court message : « Tu as jusqu'à dix heures du soir. »

– Mère, dis-je, il avait jusqu'à dix heures.

À cet instant précis, notre vieille horloge se mit à sonner. Ce fracas inattendu nous fit une peur affreuse ; mais tout allait bien : il n'était que six heures.

– Allons, Jim, reprit ma mère, cette clef.

J'explorai les poches, l'une après l'autre. Quelque menue monnaie, un dé, du fil et de grosses aiguilles, un rôle de

notes

1. pantelants : apeurés et haletants.

2. estaminet : salle de l'auberge où se trouve le bar.

3. beants : largement ouverts.

tabac[1] mordu par le bout, le couteau à manche courbe, une boussole portative et un briquet formaient tout leur contenu. Je commençai à désespérer.

– Elle est peut-être à son cou, hasarda ma mère.

Surmontant une vive répugnance, j'arrachai au col la chemise du cadavre, et la clef nous apparut, enfilée à un bout de corde goudronnée que je tranchai à l'aide de son propre couteau. Ce succès nous remplit d'espoir, et nous grimpâmes en toute hâte à la petite chambre où le capitaine avait couché si longtemps et d'où sa malle n'avait pas bougé depuis le jour de son arrivée.

C'était, d'apparence, un coffre de marin comme tous les autres, aux angles détériorés par les heurts d'un service prolongé. Sur le couvercle se lisait l'initiale « B », imprimée au fer chaud.

– Passe-moi la clef, me dit ma mère.

Bien que la serrure fût très dure, elle l'ouvrit en un clin d'œil et souleva le couvercle.

Un fort relent de tabac et de goudron s'échappa du coffre, mais on n'y voyait rien, au premier abord, qu'un très bon habit complet, soigneusement brossé et plié. Il n'avait jamais servi, au dire de ma mère. Dessous, le pêle-mêle commençait : un quart-de-cercle[2], un gobelet de fer-blanc, plusieurs rouleaux de tabac, deux paires de très beaux pistolets, un lingot d'argent, une vieille montre espagnole et quelques autres bibelots de peu de valeur, presque tous d'origine étrangère, un compas de mathématiques à branches

notes

1. *rôle de tabac :* rouleau de tabac (à préparer soi-même).

2. *quart-de-cercle :* quadrant, instrument destiné à faire le point en navigation.

de cuivre et cinq ou six curieux coquillages des Indes occidentales[1]. Je me suis demandé souvent, par la suite, pourquoi il transportait avec lui ces coquillages, dans sa vie errante de criminel pourchassé.

Jusqu'ici, le lingot d'argent et les bibelots avaient seuls quelque prix, mais cela ne faisait pas notre affaire. Par-dessous, il y avait un vieux suroît[2] blanchi aux embruns[3] de bien des môles[4]. Ma mère le retira impatiemment, et le dernier contenu de la malle nous apparut : un paquet enveloppé de toile cirée, qui semblait renfermer des papiers, et un sac de toile qui émit sous nos doigts le tintement de l'or.

– Je ferai voir à ces bandits que je suis une honnête femme, dit ma mère. Je prendrai mon dû, et pas un rouge liard de plus[5]. Donne-moi le sac de Mme Crossley.

Et elle se mit en devoir de faire passer, du sac de matelot dans celui que je tenais, le montant de la dette du capitaine.

La tâche était longue et ardue car il y avait là, entassées au hasard, des pièces de tous pays et de tous modules[6] : doublons, louis d'or, guinées, pièces de huit et d'autres que j'ignore. Les guinées, du reste, se trouvaient en minorité, et celles-là seules permettaient à ma mère de s'y retrouver dans son compte.

notes

1. Indes occidentales : nom donné par Christophe Colomb à l'Amérique qu'il croyait être l'Inde.

2. suroît : chapeau marin imperméable.

3. embruns : gouttelettes fines formées par le vent sur la crête des vagues.

4. môles : jetées.

5. pas un liard de plus : pas un sou de plus.

6. de tous modules : de toutes tailles.

L'auberge de l'*Amiral Benbow* : Jim, sa mère et le docteur Livesey, dessin de George Roux, collection Hetzel, Paris, 1885.

Chapitre 6 *Les papiers du capitaine*

[Après avoir échappé aux pirates qui voulaient récupérer le contenu du coffre de Billy Bones, Jim et ses amis se rendent chez le docteur Livesey.]

Nous allâmes bon train jusqu'à la porte du docteur Livesey, où l'on fit halte. La façade de la maison était plongée dans l'obscurité.

M. Dance[1] m'ordonna de sauter à bas[2] et d'aller frapper, et Dogger me prêta son étrier[3] pour descendre. La porte s'ouvrit aussitôt et une servante parut.

– Est-ce que le docteur Livesey est chez lui ? demandai-je.

Elle me répondit négativement. Il était rentré dans l'après-midi, mais était ressorti pour dîner au château et passer la soirée avec le chevalier.

– Eh bien, garçons, allons-y, dit M. Dance.

Cette fois, comme la distance était brève, je restai à pied et courus auprès de Dogger[4], en me tenant à la courroie de son étrier. On passa la grille et on remonta l'avenue aux arbres dépouillés, entre de vastes et vénérables jardins dont le château, tout blanc sous le clair de lune, fermait la perspective. Arrivé là, M. Dance mit pied à terre et fut au premier mot introduit dans la maison, où je l'accompagnai.

Nous suivîmes le valet au long d'un corridor tapissé de nattes, et pénétrâmes enfin dans une bibliothèque spacieuse

notes

1. M. Dance : Inspecteur de police.

2. sauter à bas : sauter à terre.

3. étrier : anneau de métal qui soutient le pied du cavalier de chaque côté de la selle.

4. Dogger : cavalier qui accompagne M. Dance.

aux multiples rayons chargés de livres et surmontés de bustes, où le chevalier et le docteur Livesey fumaient leur pipe, assis aux deux côtés d'un feu ronflant.

Je n'avais jamais vu le chevalier d'aussi près. C'était un homme de haute taille, dépassant six pieds[1], et de carrure proportionnée, à la mine fière et brusque, au visage tanné, couperosé[2] et ridé par ses longues pérégrinations[3]. Ses sourcils très noirs et très mobiles lui donnaient un air non pas méchant à vrai dire, mais plutôt vif et hautain.

– Entrez, monsieur Dance, dit-il avec une majesté familière.

– Bonsoir, Dance, fit le docteur avec un signe de tête. Et bonsoir aussi, ami Jim. Quel bon vent vous amène ?

L'inspecteur, dans une attitude militaire, débita son histoire comme une leçon ; et il fallait voir les deux messieurs avancer la tête et s'entre-regarder, si surpris et attentifs qu'ils en oubliaient de fumer. Lorsque le narrateur[4] leur conta le retour de ma mère à l'auberge, le docteur Livesey se donna une claque sur la cuisse, et le chevalier cria : « Bravo ! » en cassant sa longue pipe contre la grille du foyer. Bien avant la fin du récit, M. Trelawney (tel était, on s'en souviendra, le nom du chevalier) s'était levé de sa chaise et arpentait la pièce[5]. Le docteur, comme pour mieux entendre, avait retiré sa perruque poudrée, ce qui lui donnait, avec son crâne aux cheveux noirs et tondus ras, l'aspect le plus singulier.

Son récit terminé, M. Dance se tut.

notes

1. pieds : un pied équivaut à 32,5 centimètres.

2. tanné, couperosé : bronzé, violacé.

3. pérégrinations : voyages.

4. narrateur : celui qui raconte l'histoire.

5. arpentait la pièce : parcourait la pièce de long en large.

– Monsieur Dance, lui dit le chevalier, vous êtes un très digne compagnon. Pour le fait d'avoir passé sur le corps de ce sinistre et infâme gredin, c'est à mon sens une œuvre pie[1], monsieur, comme c'en est une d'écraser un cafard. Notre petit Hawkins est un brave, à ce que je vois. Hawkins, voulez-vous sonner ? M. Dance boira bien un verre de bière.

– Ainsi donc, Jim, interrogea le docteur, vous avez l'objet qu'ils cherchaient, n'est-ce pas ?

– Le voici, monsieur.

Et je lui remis le paquet de toile cirée.

Le docteur l'examina en tous sens. Visiblement, les doigts lui démangeaient de l'ouvrir ; mais il s'en abstint, et le glissa tranquillement dans la poche de son habit.

– Chevalier, dit-il, quand Dance aura bu sa bière, il va, comme de juste, reprendre le service de Sa Majesté ; mais j'ai l'intention de garder Jim Hawkins : il passera la nuit chez moi. En attendant, il faut qu'il soupe et, avec votre permission, je propose de lui faire monter un peu de pâté froid.

– Bien volontiers, Livesey, répliqua le chevalier ; mais Hawkins a mérité mieux que du pâté froid.

En conséquence, un copieux ragoût de pigeon me fut servi sur une petite table, et je mangeai avec appétit car j'avais une faim de loup. M. Dance, comblé de nouvelles félicitations, se retira enfin.

– Et maintenant, chevalier... dit le docteur.

– Et maintenant, Livesey... dit le chevalier, juste en même temps.

– Chacun son tour ! pas tous à la fois ! plaisanta le docteur Livesey. Vous avez entendu parler de ce Flint, je suppose ?

note

1. ***œuvre pie*** **:** œuvre morale.

– Si j'ai entendu parler de lui ! s'exclama le chevalier. Vous osez le demander ! C'était le plus atroce forban[1] qui eût jamais navigué. Comparé à Flint, Barbe-Bleue n'était qu'un enfant. Les Espagnols avaient de lui une peur si excessive que, je vous le déclare, monsieur, il m'arrivait parfois d'être fier qu'il fût Anglais. J'ai vu de mes yeux paraître ses huniers[2], au large de l'île Trinité[3], et le lâche fils d'ivrognesse qui commandait notre navire s'est enfui... oui, monsieur, s'est enfui et réfugié dans Port-d'Espagne[4].

– Eh bien, moi aussi j'ai entendu parler de lui, en Angleterre, reprit le docteur. Mais ce n'est pas la question. Dites-moi : possédait-il de l'argent ?

– S'il possédait de l'argent ! Mais n'avez-vous donc pas écouté l'histoire ? Que cherchaient ces canailles, sinon de l'argent ? De quoi s'inquiètent-ils, sinon d'argent ? Pourquoi risqueraient-ils leurs peaux infâmes, sinon pour de l'argent ?

– C'est ce que nous allons voir, repartit le docteur. Mais vous prenez feu d'une façon déconcertante et, avec vos exclamations, je n'arrive pas à placer un mot. Laissez-moi vous interroger. En admettant que j'aie ici dans ma poche un indice capable de nous guider vers le lieu où Flint a enterré son trésor, croyez-vous que ce trésor serait considérable ?

– S'il serait considérable, monsieur ! Il le serait tellement que, si nous possédions l'indice dont vous parlez, je nolise un bâtiment[5] dans le port de Bristol[6], je vous emmène avec Hawkins, et j'aurai ce trésor, dût sa recherche me prendre un an.

notes

1. forban : pirate.

2. huniers : voiles carrées situées au-dessus des basses voiles et visibles de loin.

3. île Trinité : île des Antilles.

4. Port-d'Espagne : capitale de l'île Trinité.

5. je nolise un bâtiment : je loue, j'affrète un navire.

6. Bristol : port anglais situé sur la côte ouest.

– Parfait ! Alors donc, si Jim y consent, nous ouvrirons le paquet.

Et il le déposa devant lui sur la table.

Le paquet était cousu, ce qui força le docteur à prendre dans sa trousse ses ciseaux chirurgicaux pour faire sauter les points et dégager son contenu, à savoir : un cahier et un pli scellé[1].

– Voyons d'abord le cahier, dit le docteur.

Celui-ci m'avait appelé auprès de lui, mon repas terminé, pour me faire participer au plaisir des recherches. Nous nous penchâmes donc, le chevalier et moi, par-dessus son épaule tandis qu'il ouvrait le document. On ne voyait sur sa première page que quelques spécimens d'écriture, comme on en trace la plume à la main, par désœuvrement ou pour s'exercer. J'y retrouvai le texte du tatouage : « Billy Bones s'en fiche » ; et aussi : « M. W. Bones, premier officier », « Il l'a eu au large de Palm Key », et autres bribes, principalement des mots isolés et dépourvus de signification. Je me demandai qui l'avait « eu », et ce qu'il avait « eu ». Un coup de poignard dans le dos, apparemment.

– Cela ne nous apprend pas grand-chose, dit le docteur Livesey, en tournant le feuillet.

Les dix ou douze pages suivantes étaient remplies par une singulière liste de recettes. Une date figurait à un bout de la ligne, et à l'autre bout la mention d'une somme d'argent, comme dans tous les livres de comptabilité ; mais entre les deux mentions il n'y avait, en guise de texte explicatif, que des croix, en nombre variable. Ainsi, le 12 juin 1745, une

note

1. *pli scellé* : pli fermé avec de la cire et un sceau qui désigne l'expéditeur.

somme de soixante-dix livres[1] était nettement portée au crédit de quelqu'un, et six croix remplaçaient la désignation du motif. Par endroits, un nom de lieu s'y ajoutait comme : « Au large de Caracas[2] », ou bien une simple citation de latitude et longitude, par exemple : « 62° 17' 20" – 19° 2' 40". »

Les relevés s'étendaient sur une vingtaine d'années ; les chiffres des recettes successives s'accroissaient à mesure que le temps s'écoulait, et, à la fin, après cinq ou six additions fautives, on avait fait le total général, avec ces mots en regard : « Pour Bones, sa pelote[3]. »

– Je n'y comprends rien : cela n'a ni queue ni tête, dit le docteur.

– C'est pourtant clair comme le jour, s'écria le chevalier. Nous avons ici le livre de comptes de ce noir scélérat. Ces croix représentent des vaisseaux coulés ou des villes pillées. Les sommes sont la part du bandit et, pour éviter toute équivoque[4], il ajoutait au besoin quelque chose de plus précis. Tenez : « Au large de Caracas... » Il s'agit d'un infortuné navire, capturé dans ces parages. Dieu ait pitié des pauvres gens qui le montaient... ils sont réduits en corail[5] depuis longtemps !

– Exact ! s'écria le docteur. Voilà ce que c'est d'être un voyageur. Exact ! Et tenez, plus il monte en grade, plus les sommes s'élèvent.

En dehors de cela, le cahier ne contenait plus guère que les positions de quelques lieux, notées sur les pages libres de la fin, et une table d'équivalences pour les monnaies françaises, anglaises et espagnoles.

notes

1. livre : monnaie anglaise.

2. Caracas : capitale du Venezuela.

3. sa pelote : son magot.

4. toute équivoque : toute confusion.

5. ils sont réduits en corail : le corail s'est fixé sur le bateau coulé.

– Quel homme soigneux ! s'écria le docteur. Ce n'est pas lui qu'on aurait roulé !

– Et maintenant, reprit le chevalier, à l'autre !

Le papier avait été scellé en divers endroits avec un dé en guise de cachet ; le dé même, qui sait, trouvé par moi dans la poche du capitaine. Le docteur brisa avec précaution les sceaux de l'enveloppe, et il s'en échappa la carte d'une île, où figuraient latitude et longitude, profondeurs, noms des montagnes, baies et passes[1], bref, tous les détails nécessaires à un navigateur pour trouver sur ses côtes un mouillage[2] sûr. D'environ neuf milles[3] de long sur cinq de large, et figurant à peu près un lourd dragon dressé, elle offrait deux havres[4] bien abrités, et, vers son centre, un mont dénommé la Longue-Vue. Il y avait quelques annotations d'une date postérieure, en particulier trois croix à l'encre rouge, dont deux sur la partie nord de l'île, et une au sud-ouest, plus, à côté de cette dernière, de la même encre rouge et d'une petite écriture soignée sans nul rapport avec les caractères hésitants du capitaine, ces mots : « Ici le principal du trésor. »

Au verso, la même main avait tracé ces instructions complémentaires :

Grand arbre, contrefort de la Longue-Vue ; point de direction NNE quart N.

Île du Squelette, ESE quart E.

Dix pieds.

Les lingots d'argent sont dans la cache nord. Elle se trouve dans la direction du mamelon est, à dix brasses[5] au sud du rocher noir qui lui fait face.

notes

1. *passes :* passages utilisables par les bateaux.

2. *mouillage :* lieu d'ancrage d'un bateau.

3. *mille :* un mille marin vaut 1 852 mètres.

4. *havres :* ports.

5. *brasses :* une brasse anglaise équivaut à 180 centimètres.

On trouvera sans peine les armes, dans la dune de sable, à l'extrémité N du cap de la baie nord, direction E quart N.

J. F.

Rien d'autre ; mais tout laconique[1] qu'il était, et pour moi incompréhensible, ce document remplit de joie le chevalier et le docteur Livesey.

– Livesey, dit le chevalier, vous allez nous lâcher tout de suite votre stupide clientèle. Demain, je pars pour Bristol. En trois semaines... que dis-je, trois semaines ! quinze jours, huit jours... nous aurons, monsieur, le meilleur bateau d'Angleterre et la fleur des équipages. Hawkins nous accompagnera comme garçon de cabine. Vous ferez un excellent garçon de cabine, Hawkins. Vous, Livesey, vous êtes le médecin du bord. Moi, je suis l'amiral. Nous emmènerons Redruth, Joyce et Hunter. Nous aurons de bons vents, une traversée rapide, pas la moindre difficulté à trouver l'endroit, et de l'argent à gogo... à remuer à la pelle... à faire des ricochets avec, pour le restant de nos jours.

– Trelawney, répliqua le docteur, j'irai avec vous, et je vous garantis que Jim en fera autant et ne rechignera pas à la besogne. Il n'y a qu'un seul homme qui m'inspire des craintes.

– Qui donc, monsieur ? Nommez-moi ce coquin.

– C'est vous, riposta le docteur, car vous ne savez pas vous taire. Nous ne sommes pas les seuls à connaître l'existence de ce document. Ces individus qui ont attaqué l'auberge cette nuit, des gredins audacieux et sans scrupules, et leurs compagnons restés à bord du chasse-marée[2], et d'autres encore,

notes

1. laconique : très bref.

2. chasse-marée : petit bateau.

je suppose, pas bien loin d'ici, du premier au dernier sont décidés à tout pour obtenir cet argent. Aucun de nous ne doit demeurer seul jusqu'au moment de l'appareillage[1]. En attendant, Jim et moi nous restons ensemble, et vous emmenez Joyce et Hunter pour aller à Bristol. Mais, avant et par-dessus tout, pas un mot ne doit transpirer de notre découverte.

– Livesey, vous êtes la raison même. Je serai muet comme la tombe.

Jim Hawkins, le docteur Livesey et le chevalier Trelawney, dessin de George Roux, collection Hetzel, Paris, 1885.

note

1. au moment de l'appareillage : au moment de quitter le port.

Au fil du texte

Questions sur le chapitre 6 (pages 31 à 39)

QUE S'EST-IL PASSÉ ENTRE-TEMPS ?

1. Qu'est-il arrivé à Billy Bones ?

2. Faites l'inventaire du contenu de son coffre.

3. En quoi cet inventaire est-il une invitation au voyage ?

4. Qu'emporte Mme Hawkins ? Pourquoi ?

AVEZ-VOUS BIEN LU ?

5. Chez qui se rend Jim ?

6. Que contient le paquet de toile cirée qu'il apporte ?

7. Pourquoi son contenu est-il important ?

8. Que doit faire le chevalier Trelawney à Bristol ?

9. Pourquoi promet-il de rester *« muet comme la tombe »* (l. 521-522) ?

ÉTUDIER LA PONCTUATION* (L. 376 À 391)

10. Relevez dans ce passage les phrases exclamatives (!), puis les phrases interrogatives (?).

11. Quels sentiments ces signes de ponctuation soulignent-ils ?

ÉTUDIER LE PORTRAIT DU CHEVALIER TRELAWNEY (L. 324 À 329)

12. Par le regard* de qui le lecteur voit-il le chevalier ?

13. Quels éléments de sa personnalité sont retenus ?

ponctuation : **parmi les signes de ponctuation, on peut distinguer :**
– ceux qui séparent : le point, la virgule, le point-virgule, les deux-points ;
– ceux qui isolent : les guillemets, les parenthèses, les tirets ;
– ceux qui soulignent l'expressivité : le point d'interrogation, le point d'exclamation, les points de suspension.

regard : **quand une description (ou un portrait) se fait par le regard d'un personnage, on dit qu'il s'agit d'une focalisation interne ; cette description est souvent introduite par un verbe de perception : je n'avais jamais vu…**

14. Comment sont-ils qualifiés ?

15. Quels traits de caractère du personnage transparaissent de ce portrait physique ?

ÉTUDIER LA PLACE DE L'EXTRAIT DANS L'ŒUVRE

16. À ce moment de l'histoire, à quoi peuvent rêver les personnages ?

17. Quelle est néanmoins la crainte du docteur à la fin du chapitre ?

18. Si cette crainte était justifiée, quel serait le danger pour Jim et ses amis ?

LIRE L'IMAGE

Document page 39.

19. Quels éléments du décor montrent que la scène a lieu dans un château ?

20. Étudiez l'éclairage : quelle est la source lumineuse ? Comment se diffuse-t-elle ?

21. Décrivez l'attitude des personnages. Que révèle-t-elle de leur préoccupation ?

À VOS PLUMES !

22. À partir des éléments que vous prélèverez dans ce chapitre, rédigez un portrait du pirate Flint.

23. À l'aide des lignes 462 à 489 et du document de la page 10, reproduisez la « carte au trésor » de façon plus nette et agrandie en reportant un maximum d'informations.

Chapitre 7 — *Je me rends à Bristol*

Les préparatifs de notre appareillage furent plus longs que ne l'avait prévu le chevalier, et pas un de nos projets primitifs – pas même celui du docteur Livesey, de me garder avec lui – ne se réalisa selon nos intentions. Le docteur fut obligé d'aller à Londres pour trouver un médecin à qui confier sa clientèle, le chevalier était fort occupé à Bristol, et je restais au château, sous la surveillance du vieux Redruth, le garde-chasse. J'étais quasi prisonnier, mais la mer hantait mes songes, avec les plus séduisantes perspectives d'aventures en des îles inconnues. Des heures entières, je rêvais à la carte, dont je me rappelais nettement tous les détails. Assis au coin du feu dans la chambre de l'intendant, j'abordais cette île, en imagination, par tous les côtés possibles ; je l'explorais dans toute sa superficie ; j'escaladais à mille reprises la montagne dite Longue-Vue, et découvrais de son sommet des paysages aussi merveilleux que divers. Tantôt l'île était peuplée de sauvages qu'il nous fallait combattre, tantôt pleine d'animaux féroces qui nous pourchassaient ; mais aucune de mes aventures imaginaires ne fut aussi étrange et dramatique que devait l'être pour nous la réalité.

Plusieurs semaines s'écoulèrent de la sorte. Un beau jour, arriva une lettre adressée au docteur Livesey, avec cette mention : « À son défaut, Tom Redruth ou le jeune Hawkins en prendront connaissance. » Suivant cet avis, nous lûmes – ou plutôt je lus, car le garde-chasse n'était guère familiarisé qu'avec l'imprimé[1] – les importantes nouvelles qui suivent :

Auberge de La Vieille Ancre,
Bristol, ce 1er mars 17…

Mon cher Livesey,

Ignorant si vous êtes de retour au château ou encore à Londres, je vous écris de part et d'autre en double expédition.

J'ai acheté et équipé le navire. Il est à l'ancre, prêt à appareiller. Vous ne pouvez imaginer goélette plus exquise… un enfant la manœuvrerait… deux cents tonneaux[2] ; nom : Hispaniola.

Je l'ai eue par l'intermédiaire de mon vieil ami Blandly, qui s'est conduit là comme le plus étonnant des bons bougres. Ce merveilleux gars s'est dévoué littéralement à mon service, et je dois dire que tout le monde dans Bristol en a fait autant, dès qu'on a eu vent du port vers lequel nous cinglons[3]… c'est-à-dire le trésor.

– Redruth, dis-je, interrompant ma lecture, voilà qui ne plaira guère au docteur Livesey. M. le chevalier a parlé, pour finir.

notes

1. *n'était guère familiarisé qu'avec l'imprimé* : ne savait pas vraiment lire.

2. *tonneaux* : un tonneau équivaut à une capacité de transport de 2,83 mètres cubes.

3. *nous cinglons* : nous naviguons.

Long John Silver (Wallace Beery) et « Capitaine Flint », dans le film de Victor Fleming (1934).

– Hé mais ! n'en a-t-il pas bien le droit ? grommela le garde-chasse. Ce serait un peu fort que M. le chevalier doive se taire à cause du docteur Livesey, il me semble.

Sur quoi je renonçai à tout commentaire, et lus sans plus m'interrompre :

*C'est lui, Blandly, qui dénicha l'*Hispaniola*, et il manœuvra si admirablement qu'il réussit à l'avoir pour un morceau de pain. Il y a dans Bristol une catégorie de gens excessivement prévenus contre Blandly. Ils vont jusqu'à déclarer que cette honnête créature ferait n'importe quoi pour de l'argent, que l'*Hispaniola *lui appartenait et qu'il me l'a vendue ridiculement cher... calomnies trop évidentes. Nul, d'ailleurs, n'ose contester les mérites du navire.*

Jusque-là, pas une anicroche[1]. Les ouvriers, gréeurs[2] et autres, étaient, il est vrai, d'une lenteur assommante ; mais le temps y a porté remède. Mon vrai souci concernait l'équipage.

Je voulais une bonne vingtaine d'hommes en cas de rencontre avec des indigènes[3], des forbans ou ces maudits Français, et j'avais eu une peine du diable à en recruter une pauvre demi-douzaine, lorsqu'un coup de chance des plus remarquables me mit en présence de l'homme qu'il me fallait.

Je liai conversation avec lui par un pur hasard, comme je me trouvais sur le quai. J'appris que c'était un vieux marin qui tenait un cabaret et connaissait tous les navigateurs de Bristol. Il en devenait malade, de rester à terre, et n'attendait qu'un bon engagement de maître coq pour reprendre la mer. C'était, me conta-t-il, pour aspirer un peu l'air salin qu'il s'était traîné jusque-là ce matin.

notes

1. anicroche : obstacle.

2. gréeurs : ouvriers chargés de préparer les voiles du navire.

3. indigènes : personnes originaires d'un lieu.

Je fus excessivement touché (vous l'auriez été vous-même) et, par pure compassion, je l'enrôlai sur-le-champ comme maître coq[1] du navire. Il s'appelle Long John Silver et il lui manque une jambe ; mais c'est à mes yeux un mérite, car il l'a perdue en défendant son pays sous les ordres de l'immortel Hawke[2]. Et il n'a pas de pension, Livesey ! Songez en quelle abominable époque nous vivons !

Eh bien, monsieur, je croyais avoir simplement trouvé un cuisinier, mais c'est tout un équipage que j'avais rencontré. À nous deux, Silver et moi, nous recrutâmes en peu de jours une troupe des plus solides vieux loups de mer qu'on puisse imaginer... pas jolis jolis mais, à en juger par leur mine, des gars d'un courage à toute épreuve. Je vous garantis que nous pourrions résister à une frégate[3].

Même, Long John se débarrassa de deux hommes sur les six ou sept que j'avais déjà retenus. Il me démontra sans peine que c'étaient là de ces marins d'eau douce[4] qu'il nous fallait précisément craindre dans une sérieuse occurrence[5].

Je suis d'une humeur et d'une santé admirables ; je mange comme un ogre, je dors comme une souche, et, malgré cela, je n'aurai pas un moment de répit avant de voir mes vieux mathurins[6] virer au cabestan. Au large ! Qu'importe le trésor ! C'est la splendeur de la mer qui m'a tourné la tête. Ainsi donc, Livesey, faites diligence[7] et venez sans perdre une heure si vous êtes mon ami.

Que le jeune Hawkins aille tout de suite voir sa mère, sous la garde de Redruth, et puis que tous deux gagnent Bristol au plus vite.

John Trelawney.

notes

1. *maître coq* : chef cuisinier du navire.

2. *Hawke* : amiral anglais vainqueur de la flotte française en 1759.

3. *frégate* : important bateau de guerre.

4. *marin d'eau douce* : mauvais marin.

5. *occurrence* : occasion, circonstance.

6. *mathurins* : matelots.

7. *faites diligence* : dépêchez-vous, hâtez-vous.

Post-scriptum. – *J'oubliais. Blandly (entre parenthèses, si nous ne sommes pas rentrés à la fin d'août, il doit envoyer une conserve*[1] *à notre recherche), Blandly, dis-je, nous a trouvé un chef navigateur excellent… un type dur, ce que je regrette, mais sous tous autres rapports une vraie perle. Long John Silver a déniché comme second un homme très capable, un nommé Arrow. J'ai un maître d'équipage qui sait jouer du sifflet ; ainsi, Livesey, tout ira comme sur un vaisseau de guerre à bord de notre excellente* Hispaniola.

Encore un détail. Silver est un personnage d'importance ; je sais de source certaine qu'il a un compte en banque et qu'il n'a jamais dépassé son crédit ; il laisse son cabaret aux soins de sa femme, et celle-ci étant une Négresse, deux vieux célibataires comme vous et moi sont autorisés à croire que c'est à cause de sa femme et non seulement pour sa santé qu'il désire à nouveau courir le monde.

J. T.

P.-P.-S. – Hawkins peut passer vingt-quatre heures chez sa mère.

J. T.

On peut imaginer l'enthousiasme où me jeta cette lettre.

note

1. conserve : escorte.

Chapitre 9 — La poudre et les armes

Comme l'*Hispaniola* n'était pas à quai, il nous fallut, pour nous y rendre, passer sous les figures de proue[1] et devant les arrières de plusieurs autres navires dont les amarres tantôt raclaient la quille de notre canot et tantôt se balançaient au-dessus de nos têtes. À la fin, cependant, nous accostâmes et prîmes pied à bord. Nous fûmes reçus et salués par le second, M. Arrow, un vieux marin basané, à boucles d'oreilles et qui louchait.

Le chevalier semblait au mieux avec lui. Je m'aperçus vite que M. Trelawney s'entendait moins bien avec le capitaine.

Ce dernier était un homme à l'air sévère, qu'on eût dit mécontent de toute chose à bord. Et il ne tarda pas à nous en dire la raison, car à peine étions-nous descendus dans la cabine, qu'un matelot nous y rejoignit et annonça :

– Le capitaine Smollett, monsieur, qui demande à vous parler.

– Je suis toujours aux ordres du capitaine, répondit le chevalier. Introduisez-le[2].

Le capitaine, qui suivait de près son messager, entra aussitôt et ferma la porte derrière lui.

– Eh bien, capitaine Smollett, quelle nouvelle ? Tout va bien, j'espère ; tout est en bon ordre de navigation ?

– Eh bien, monsieur, répondit le capitaine, mieux vaut, je crois, parler franc, même au risque de vous déplaire. Je n'aime pas cette croisière, je n'aime pas l'équipage et je n'aime pas mon second. Voilà qui est clair et net.

notes

1. *figure de proue :* décoration sculptée à l'avant des anciens navires à voile.

2. *introduisez-le :* faites-le entrer.

– Et peut-être, monsieur, n'aimez-vous pas le navire ? interrogea le chevalier, très irrité, à ce que je pus voir.

– Quant à lui, monsieur, je ne puis rien en dire avant de l'avoir vu à l'œuvre. Il m'a l'air d'un fin bâtiment ; c'est tout ce que j'en sais.

– Peut-être encore, monsieur, n'aimez-vous pas non plus votre armateur[1] ?

Mais le docteur Livesey intervint :

– Un instant ! un instant ! Des questions de ce genre ne sont bonnes qu'à provoquer des malentendus. Le capitaine en a dit trop, ou trop peu, et je dois dire que j'exige une explication de ses paroles. Vous n'aimez pas, dites-vous, cette croisière. Pourquoi ?

– Je me suis engagé, monsieur, suivant le système dit des instructions scellées[2], à mener le navire où m'ordonnera ce monsieur. C'est parfait. Tout va bien jusque-là. Mais je constate que chacun des simples matelots en sait plus que moi. Trouvez-vous cela bien, voyons, dites ?

– Non, fit le docteur Livesey, ce n'est pas bien, je l'admets.

– Ensuite, j'apprends que nous allons à la recherche d'un trésor... c'est mon équipage qui me l'apprend, remarquez. Or les trésors, c'est de la besogne délicate ; je n'aime pas du tout les voyages au trésor ; et je les aime encore moins quand ils sont secrets et que (sauf votre respect, monsieur Trelawney) le secret a été raconté au perroquet.

– Quel perroquet ? demanda le chevalier. Celui de Silver ?

notes

1. armateur : personne qui assure l'exploitation commerciale du navire.

2. système des instructions scellées : le capitaine ignore le but du voyage.

– Façon de parler. Quand il a été divulgué[1], je veux dire. Je crois bien qu'aucun de vous deux, messieurs, ne sait ce qui l'attend ; mais je vais vous dire ce que j'en pense : c'est une question de vie ou de mort, et où il faut jouer serré.

– Voilà qui est bien clair et, je dois le dire, assez juste, répliqua le docteur Livesey. Nous acceptons le risque ; mais nous ne sommes pas aussi naïfs que vous croyez... En second lieu, dites-vous, vous n'aimez pas l'équipage. N'avons-nous pas de bons marins ?

– Je ne les aime pas, monsieur, repartit[2] le capitaine Smollett. Et, puisque vous en parlez, j'estime qu'on aurait dû me laisser choisir mon équipage moi-même.

– Possible, reprit le docteur, mon ami eût peut-être dû vous consulter ; mais, s'il l'a négligé, c'est sans mauvaise intention. Et vous n'aimez pas non plus M. Arrow ?

– Non, monsieur, je ne l'aime pas. Je le crois bon marin ; mais il est trop familier avec l'équipage pour faire un bon officier. Un second doit rester sur son quant-à-soi et ne pas trinquer avec les hommes de l'avant.

– Voulez-vous dire qu'il s'enivre ? lança le chevalier.

– Non, monsieur : simplement qu'il est trop familier.

– Et maintenant, le résumé de tout cela, capitaine ? émit le docteur. Exposez votre désir.

– Messieurs, êtes-vous résolus à poursuivre cette croisière ?

– Dur comme fer, affirma le chevalier.

– Très bien, reprit le capitaine. Alors, puisque vous m'avez écouté fort patiemment vous dire des choses que je ne puis prouver, écoutez quelques mots de plus. On est en train de loger la poudre et les armes dans la cale avant. Or, vous avez

notes

1. divulgué : dévoilé, répandu.

2. repartit : répondit.

sous la cabine une place excellente : pourquoi pas là ?... premier point. Puis, vous emmenez avec vous quatre de vos gens, et il paraît que plusieurs d'entre eux vont coucher à l'avant. Pourquoi ne pas leur donner ces cadres[1]-là, à côté de la cabine ?... second point.

– C'est tout ? demanda M. Trelawney.

– Encore ceci : on n'a déjà que trop bavardé.

– Beaucoup trop, acquiesça[2] le docteur.

– Je vais vous répéter ce que j'ai entendu moi-même, poursuivit le capitaine Smollett. On dit que vous avez une carte de l'île, qu'il y a sur cette carte trois croix pour désigner l'emplacement du trésor, et que cette île est située par...

Et il énonça la longitude et la latitude exactes.

– Je n'ai jamais dit cela, se récria le chevalier, jamais, à personne !

– Les matelots le savent pourtant, monsieur, riposta le capitaine.

– Livesey, s'écria le chevalier, ce ne peut être que vous ou Hawkins.

– Peu importe de savoir qui, répliqua le docteur.

Pas plus que le capitaine, je le voyais bien, il ne tenait grand compte des protestations de M. Trelawney. Moi non plus, du reste, car le chevalier était un bavard incorrigible ; mais en l'espèce je crois qu'il disait vrai, et que personne n'avait révélé la position de l'île.

– Eh bien, messieurs, reprit le capitaine, je ne sais pas qui de vous détient cette carte ; mais je pose en principe qu'on me le laissera ignorer, aussi bien qu'à M. Arrow. Sinon je me verrais forcé de vous présenter ma démission.

notes

1. cadres : couchettes.

2. acquiesça : approuva.

– Je vois, dit le docteur. Il faut, à votre avis, nous tenir sur la défensive, et faire de la partie arrière du navire une citadelle[1] équipée avec les serviteurs personnels de mon ami et pourvue de toutes les armes et munitions du bord. En d'autres termes, vous redoutez une mutinerie[2].

– Monsieur, riposta le capitaine Smollett, sans vouloir vous chercher noise[3], je vous conteste le droit de m'attribuer indûment ces paroles. Nul capitaine, monsieur, ne serait excusable même d'appareiller, s'il avait un motif suffisant de les prononcer. Quant à M. Arrow, il est, je le crois, foncièrement honnête ; quelques-uns des hommes aussi ; tous peut-être, je ne sais. Mais je suis responsable de la sécurité du navire et de l'existence de tous ceux qu'il porte. Je vois que les choses ne vont pas tout à fait droit, à mon idée. Et je désire que vous preniez certaines précautions, ou que vous me laissiez démissionner. Voilà tout.

– Capitaine Smollett, commença le docteur, avec un sourire, connaissez-vous la fable de la montagne qui accouche d'une souris ? Vous m'excuserez, j'espère, mais vous m'en faites souvenir. Quand vous êtes entré ici, j'aurais gagé[4] ma perruque que vous attendiez de nous autre chose que cela.

– Docteur, vous voyez clair. Quand je suis entré ici, je m'attendais à recevoir mon congé. Je ne pensais pas que M. Trelawney m'écouterait au-delà du premier mot.

– Et je n'en écouterai pas davantage, s'écria le chevalier. Sans Livesey, je vous aurais envoyé au diable. N'importe, grâce à lui, je vous ai écouté. J'agirai selon votre désir ; mais j'ai de vous la plus triste opinion.

notes

1. citadelle : forteresse.

2. mutinerie : révolte de marins sur un navire.

3. chercher noise : chercher querelle.

4. j'aurais gagé : j'aurais parié.

– Comme il vous plaira, monsieur, dit le capitaine. Vous reconnaîtrez que je fais mon devoir.

Et là-dessus il prit congé de nous.

– Trelawney, émit le docteur, contrairement à toutes mes idées, je crois que vous avez réussi à nous amener à bord deux honnêtes gens : cet homme-là et John Silver.

– Silver, soit ; mais quant à ce fumiste[1] insupportable, sachez que j'estime sa conduite indigne d'un homme, d'un marin et plus encore d'un Anglais.

– Bien, dit le docteur, nous verrons.

Quand nous montâmes sur le pont, les hommes étaient déjà occupés au transfert des armes et de la poudre, et travaillaient en cadence, sous la direction du capitaine et de M. Arrow.

J'approuvai tout à fait le nouvel arrangement qui modifiait tout sur la goélette. Nous avions à l'arrière six cabines, prises sur la partie postérieure de la grande cale, et cette série de chambrettes ne communiquait avec le gaillard d'avant que par une étroite coursive[2] à bâbord[3], donnant sur la cuisine. Suivant les dispositions primitives, le capitaine, M. Arrow, Hunter, Joyce, le docteur et le chevalier, devaient occuper ces six pièces. À présent, deux étaient destinées à Redruth et à moi, tandis que M. Arrow et le capitaine logeraient sur le pont, dans le capot qu'on avait élargi des deux côtés, en sorte qu'il méritait presque le nom de dunette. C'était toujours, bien entendu, fort bas de plafond, mais il y avait place pour suspendre deux hamacs, et le second lui-même parut satisfait de cet arrangement. Il se méfiait peut-être aussi de l'équipage ; mais ce n'est là qu'une supposition

notes

1. *fumiste* : personne peu sérieuse.

2. *coursive* : couloir à l'intérieur d'un navire.

3. *bâbord* : côté gauche du navire quand on regarde de l'arrière vers l'avant.

car, comme on va le voir, il n'eut guère le loisir de nous donner son avis.

Nous étions en pleine activité, transportant munitions et couchettes, quand un ou deux retardataires, accompagnés de Long John, arrivèrent dans un canot du port.

Le cuisinier, agile comme un singe, escalada le bord, et vit aussitôt de quoi il s'agissait. Il s'écria :

– Holà, camarades ! qu'est-ce que vous faites ?

– Nous déménageons la poudre, répondit l'un.

– Mais, par tous les diables ! lança Long John, si on fait ça, on va manquer la marée du matin !

– Mes ordres, dit sèchement le capitaine. Vous pouvez aller à vos fourneaux, mon garçon. L'équipage va réclamer son souper.

– Bien, monsieur, répondit le coq en saluant.

Et il se dirigea vers sa cuisine.

– Voilà un brave homme, capitaine, dit le docteur.

– C'en a tout l'air, monsieur... répliqua le capitaine. Doucement avec ça, les hommes, doucement, continua-t-il, en s'adressant aux gars qui maniaient la poudre.

Puis soudain, me surprenant à examiner la caronade[1] que portait le bateau par son milieu, une longue pièce de neuf, en bronze :

– Dites donc, le mousse, cria-t-il, filez-moi de là. Allez demander au cuisinier qu'il vous donne de l'ouvrage.

Je m'esquivai au plus vite, mais je l'entendis qui disait au docteur, très haut :

– Je ne veux pas de privilégiés sur mon navire.

Je vous garantis que j'étais bien de l'avis du chevalier, et que je détestais cordialement le capitaine.

suite p. 57

note

1. caronade : petit canon.

Au fil du texte

Questions sur le chapitre 9 (pages 48 à 54)

QUE S'EST-IL PASSÉ ENTRE-TEMPS ?

1. Résumez les principales informations contenues dans la lettre adressée à Jim.

2. L'auteur de cette lettre a-t-il été *« muet comme la tombe »* comme il l'avait promis ?

3. Précisez les raisons pour lesquelles la lecture de cette lettre a enthousiasmé Jim.

4. Qu'est-ce qui paraît néanmoins inquiétant à propos de l'équipage recruté ?

AVEZ-VOUS BIEN LU ?

5. Pourquoi le capitaine Smollett est-il mécontent ?

6. Quels sont les deux groupes qui se forment sur le bateau ?

7. À quoi s'occupent les hommes d'équipage avant d'appareiller ?

ÉTUDIER LE VOCABULAIRE DE LA NAVIGATION

8. Commencez la rédaction d'une fiche en relevant tous les mots et expressions qui appartiennent au champ lexical* de la navigation. Vous distinguerez ce qui désigne les bateaux, les marins, l'océan.

9. Proposez pour chaque terme une définition ou une explication.

10. Rédigez un court texte utilisant quelques-uns de ces mots.

ÉTUDIER LE DISCOURS

11. Le capitaine s'exclame : *« Je n'aime pas cette croisière, je n'aime pas l'équipage et je n'aime pas*

champ lexical : **ensemble des mots ou expressions se rapportant à un même thème, une même idée, un même sujet… Par exemple, champ lexical du football : penalty, corner, coup franc, but, tacle, dribble, coup du sombrero, aile de pigeon…**

mon second » (l. 138-139). Quelles raisons donne le capitaine pour justifier son point de vue ?

12. Quel est le rôle du docteur au cours de cette vive discussion ?

13. Donnez la nature de *« mais »** (l. 155) et de *« or »** (l. 160).

14. Quel est le rôle de ces mots dans l'expression d'un point de vue ?

15. Recherchez d'autres mots jouant le même rôle.

conjonctions de coordination : **et, ou, ni, mais, or, car, donc ; elles servent à relier les éléments d'une phrase et ont une valeur différente dans le discours : ajouter, retrancher, introduire la cause, la conséquence, le but…**

ÉTUDIER LA PLACE DE L'EXTRAIT DANS L'ŒUVRE

16. Que préfigurent, selon vous, les craintes du capitaine ?

17. Imaginez pour la suite du récit un scénario optimiste et un scénario pessimiste.

LIRE L'IMAGE

Document page 44.

18. Indiquez ce qui rend ce personnage à la fois rassurant et inquiétant.

À VOS PLUMES !

Exprimer son point de vue.

19. À votre tour, rédigez un dialogue entre vous et une autre personne sur le thème de votre choix. Le dialogue commencera par : *« Eh bien, mieux vaut, je crois, parler franc, même au risque de vous déplaire. Je n'aime pas… Je n'aime pas… Voilà qui est clair et net. »* Vous développerez votre point de vue en utilisant *mais, or* ou d'autres termes équivalents.

Chapitre 11 — Ce que j'entends dans la barrique de pommes

[Caché dans une barrique contenant des pommes, Jim surprend une conversation entre Silver et quelques marins.]

– Israël, dit Silver, tu n'as pas beaucoup de jugeotte et ce n'est pas du nouveau. Mais tu es capable d'écouter, je pense ; du moins, tes oreilles sont assez grandes. Or, voici ce que je dis : vous coucherez à l'avant, et vous aurez la vie dure, et vous filerez doux, et vous resterez sobres[1], jusqu'à ce que je donne l'ordre d'agir ; et tu peux m'en croire, mon gars.

– Eh ! est-ce que je te dis le contraire ? grommela le quartier-maître[2]. Je demande seulement : pour quand est-ce ? Voilà tout ce que je dis.

– Pour quand ? par tous les diables ! s'écria Silver. Eh bien donc, si tu veux le savoir, je vais te le dire, pour quand. Pour le plus tard qu'il me sera possible, voilà ! Nous avons un navigateur de première classe, le capitaine Smollett, qui dirige pour nous ce sacré navire. Il y a ce chevalier et ce docteur qui ont une carte et le reste... Je ne sais pas où elle est, cette carte, moi. Toi non plus, n'est-ce pas ? Alors donc, je veux que ce chevalier et ce docteur trouvent la marchandise et nous aident à l'embarquer, par tous les diables ! Alors nous verrons. Si j'étais sûr de vous tous, doubles fils de Hollandais, j'attendrais pour faire le coup que le capitaine Smollett nous ait ramenés à moitié chemin.

– Mais quoi, nous sommes tous des navigateurs ici à bord, je pense, répliqua le jeune Dick.

notes

1. vous resterez sobres : vous ne boirez pas d'alcool.

2. quartier-maître : porte-parole de l'équipage.

Jim caché dans la barrique de pommes, dessin de George Roux, collection Hetzel, Paris, 1885.

– Dis plutôt que nous sommes tous des matelots de gaillard d'avant, trancha Silver. Nous pouvons tenir une route donnée, mais qui saura l'établir ? Vous en seriez bien empêchés, tous tant que vous êtes, vous les gentilshommes de fortune. Si on me laissait faire, j'attendrais que le capitaine Smollett nous ait ramenés jusque dans les alizés, au moins ; comme ça, ni sacrés faux calculs, ni rationnement à une cuillerée d'eau par jour. Mais je vous connais. J'en finirai avec eux sur l'île même, sitôt la marchandise à bord, et c'est un vrai malheur. Mais vous n'êtes jamais contents qu'après avoir bu. Mort de mes os ! ça dégoûte de naviguer avec des types comme vous !

– Tout doux, Long John, protesta Israël. Qui donc te contredit ?

– Hein, songez combien de grands navires j'ai vu amariner[1] comme prises, et combien de vaillants gars sécher au soleil sur le quai des Potences ! et tout ça pour avoir été aussi pressés, pressés, pressés. Vous m'entendez ? J'ai vu quelques petites choses, en mer, moi. Si vous vouliez simplement tenir votre route, et au plus près du vent, bientôt vous rouleriez carrosse, oui ! Mais à d'autres ! Je vous connais. Soit ! vous aurez votre lampée de rhum demain, et allez vous faire pendre !

– Tu prêches comme un curé, John, c'est connu, rétorqua Israël ; mais d'autres ont su manœuvrer et gouverner aussi bien que toi. Ils admettaient la plaisanterie, eux. En tout cas, ils étaient moins hautains et moins cassants. Ils acceptaient les observations en gais compagnons, tous ceux-là.

– Ouais ! reprit Silver. Et où sont-ils maintenant ? Pew était de ce calibre, et il a fini mendiant. Flint aussi, et il est

note

1. amariner : faire occuper par un équipage un navire pris à l'ennemi.

mort, tué par le rhum, à Savannah. Ah ! c'étaient des types à la coule[1], eux ! Seulement, où sont-ils ?

– Mais, intervint Dick, quand nous les aurons à notre merci, qu'est-ce que nous ferons d'eux, pour finir ?

– Voilà un garçon qui me botte ! s'écria le cuisinier, avec admiration. Ça s'appelle être pratique. Eh bien, votre avis ? Les abandonner à terre ? C'eût été la manière d'England. Ou bien les égorger comme porcs ? C'est ce qu'auraient fait Flint ou Billy Bones.

– Billy était homme à ça, convint Israël. Les morts ne mordent pas, qu'il disait. Bah, il est mort lui-même, à présent ; il est renseigné là-dessus tout au long ; et si jamais rude marin entra au port, ce fut Billy.

– Tu dis bien, reprit Silver. Rude et prompt. Remarquez : je suis un homme doux... je suis tout à fait galant homme, pas vrai ? mais cette fois, c'est sérieux. Les affaires avant tout, camarades. Je vote : la mort. Quand je serai au Parlement et roulant dans mon carrosse, je ne veux pas qu'un de ces « avocats de mer » de la cabine s'amène au pays, à l'improviste[2], comme le diable à la prière. Mon principe est d'attendre mais, l'occasion venue, d'y aller ferme !

– John, s'écria le quartier-maître, tu es un homme.

– Tu le diras, Israël, quand tu auras vu... Je ne réclame qu'une chose : Trelawney. De ces mains-ci, je lui dévisserai du corps sa tête de veau... Dick, en gentil garçon, lève-toi et donne-moi une pomme, pour m'humecter un peu le gosier.

Imaginez ma terreur. J'aurais sauté dehors et pris la fuite, si j'en avais trouvé la force ; mais le cœur me manquait, aussi bien que les muscles. Au bruit, je compris que Dick se levait ; mais quelqu'un l'arrêta.

notes

1. ***types à la coule* :** individus faciles à vivre.

2. ***à l'improviste* :** sans prévenir.

Et j'entendis la voix de Hands :

– Bah ! laisse donc ce fond de tonneau, John. Buvons un coup de rhum, ça vaudra mieux !

– Dick, acquiesça Silver, je me fie à toi. Il y a une mesure sur le baril. Voici la clef : tu empliras une topette[1] et tu nous l'apporteras.

Ce devait être ainsi, j'y songeai malgré ma terreur, que M. Arrow[2] se procurait les spiritueux[3] qui l'avaient tué.

Dick parti, Israël profita de son absence pour parler à l'oreille du coq. Je ne pus saisir que peu de mots, mais, parmi eux, ceux-ci, qui étaient d'importance : « Pas un seul des autres ne se joindra à nous. » Donc, il y avait encore des hommes fidèles à bord.

Dick revenu, la topette passa de main en main. Tous trois burent. L'un dit :

– À notre réussite !

L'autre :

– À la santé du vieux Flint.

Et Silver prononça, sur un ton de mélopée[4] :

– Je bois à nous, et tenez-le plus près[5], beaucoup de butin et beaucoup de galette...

À ce moment, une vague clarté m'atteignit au fond de ma barrique. Je levai les yeux, et vis que la lune s'était levée, argentant la hune d'artimon[6] et brillant sur la blancheur de la misaine[7]. Presque en même temps, la vigie[8] lança ce cri :

– Terre !

notes

1. topette : petit flacon.

2. M. Arrow : alors qu'il était ivre, le lieutenant Arrow est tombé dans la mer et s'est noyé.

3. spiritueux : alcools.

4. mélopée : chanson monotone et triste.

5. tenez-le plus près : faites bien attention.

6. hune d'artimon : plate-forme sur le mât arrière.

7. misaine : voile du mât avant.

8. vigie : marin placé en haut du mât pour surveiller.

Long John Silver (Charlton Heston) dans le film de Fraser Heston (1990).

***La Planète au trésor*, film rétrofuturiste adapté de l'*Île au trésor*, Walt Disney Pictures (2002).**

Chapitre 12 Conseil de guerre

Des pas précipités se ruèrent sur le pont : l'on sortait en toute hâte de la cabine et du gaillard d'avant. Me glissant à la seconde hors de ma barrique, je me faufilai par-derrière la misaine, fis un crochet vers la poupe[1], et débouchai sur le pont supérieur, juste à temps pour rejoindre Hunter et le docteur Livesey qui couraient vers le bossoir[2] au vent.

Tout l'équipage s'y trouvait déjà rassemblé. Le brouillard qui nous entourait s'était levé peu après l'apparition de la lune. Là-bas, dans le sud-ouest, on voyait deux montagnes basses, distantes de deux milles environ ; derrière l'une d'elles en apparaissait une troisième, plus élevée, dont le sommet était encore engagé dans la brume. Toutes trois semblaient abruptes et de forme conique.

Je vis tout cela comme dans un rêve, car je n'étais pas encore remis de ma peur atroce de quelques minutes plus tôt. Puis j'entendis la voix du capitaine Smollett qui lançait des ordres. L'*Hispaniola* fut orientée de deux quarts plus près du vent, et mit le cap de façon à éviter l'île par son côté est.

– Et maintenant, garçons, dit le capitaine, quand la voilure fut bordée[3], quelqu'un de vous a-t-il jamais vu cette terre-là ?

– Moi, monsieur, répondit Silver. Nous y avons fait de l'eau[4] avec un navire marchand sur lequel j'étais cuisinier.

– Le mouillage est au sud, derrière un îlot, je suppose ? interrogea le capitaine.

notes

1. poupe : partie arrière du navire.

2. bossoir : appareil qui sert à manœuvrer les ancres à l'avant du bateau.

3. la voilure fut bordée : les voiles furent tendues de manière à réduire la vitesse du bateau.

4. nous y avons fait de l'eau : nous y avons fait le plein d'eau douce.

– Oui, monsieur ; on l'appelle l'îlot du Squelette. Cette île était autrefois un refuge de pirates, et nous avions à bord un matelot qui en savait tous les noms. Cette montagne au nord, ils l'appelaient le mont de Misaine ; il y a trois sommets alignés du nord au sud, monsieur : misaine, grand mât et artimon. Mais le grand mât – c'est-à-dire le plus haut, avec un nuage dessus –, ils l'appelaient d'ordinaire la Longue-Vue, à cause d'une vigie qu'ils y postaient lorsqu'ils venaient se réparer au mouillage ; car c'est là qu'ils réparaient leurs navires, monsieur, sauf votre respect.

– J'ai ici une carte, dit le capitaine Smollett. Voyez si c'est bien l'endroit.

Les yeux de Long John flamboyèrent quand il prit la carte ; mais, à l'aspect neuf du papier, je compris qu'il serait déçu. Ce n'était pas la carte trouvée dans le coffre de Billy Bones, mais une copie exacte, complète en tous points – noms, altitudes et profondeurs – à la seule exception des croix rouges et des notes manuscrites. Si vif que fût son désappointement[1], Silver eut la force de le dissimuler.

– Oui, monsieur, dit-il, c'est bien l'endroit, pour sûr, et très joliment dessiné. Qui peut avoir fait cela, je me le demande. Les pirates étaient trop ignorants, je suppose... Oui, voici : « Mouillage du capitaine Kidd. » Juste le nom que lui donnait mon camarade de bord. Il y a un fort courant qui longe la côte sud, puis remonte vers le nord sur la côte ouest. Vous avez bien fait, monsieur, de courir au plus près et de vous tenir au vent de l'île. Du moins si votre intention est d'atterrir pour vous caréner[2], il n'y a pas de meilleur endroit dans ces parages.

notes

1. *désappointement* : déception.

2. *caréner* : entretenir la carène, c'est-à-dire la partie immergée de la coque.

– Merci, lui dit le capitaine Smollett. Je vous demanderai plus tard de nous donner un coup de main. Vous pouvez aller.

J'étais surpris du cynisme[1] avec lequel John avouait sa connaissance de l'île, et ce ne fut pas sans quelque appréhension[2] que je le vis s'approcher de moi. Évidemment, il ne savait pas que, dissimulé dans ma barrique de pommes, j'avais surpris son conciliabule[3], mais j'avais à ce moment conçu une telle horreur de sa cruauté, de sa duplicité[4] et de sa tyrannie que j'eus peine à réprimer un frisson quand il posa la main sur mon bras.

– Hé ! hé ! me dit-il, c'est un gentil endroit, cette île... un gentil endroit pour un garçon qui veut aller à terre. Tu te baigneras, tu grimperas aux arbres, tu feras la chasse aux chèvres, et tu gambaderas sur ces montagnes comme une chèvre toi aussi. Vrai ! cela me rajeunit. J'allais en oublier ma jambe de bois. C'est une chose agréable, sois-en sûr, que d'être jeune et d'avoir ses dix orteils... Quand l'envie te prendra de faire une petite exploration, tu n'auras qu'à prévenir le vieux John, et il te préparera un en-cas[5] à emporter avec toi.

Et m'ayant tapé sur l'épaule de la façon la plus affectueuse, il s'en alla clopinant et disparut dans le poste.

Le capitaine Smollett, le chevalier et le docteur Livesey s'entretenaient sur le tillac[6] et, pour impatient que je fusse de leur conter mon histoire, je n'osais les interrompre ouvertement. J'en étais toujours à chercher un prétexte plausible[7]

notes

1. cynisme : insolence.
2, appréhension : crainte.
3. conciliabule : conversation secrète de personnes qui parlent à voix basse et préparent un mauvais coup.
4. duplicité : double jeu.
5. en-cas : repas léger.
6. tillac : pont.
7. plausible : pertinent, vraisemblable.

quand le docteur Livesey m'appela auprès de lui. Il avait laissé sa pipe en bas et, fumeur enragé, il voulait m'envoyer la quérir[1] mais, dès que je fus assez près de lui pour parler sans risque d'être entendu, je lâchai tout à trac[2] :

– Docteur, laissez-moi dire. Emmenez le capitaine et le chevalier en bas, dans la cabine, et trouvez un prétexte pour m'y faire mander[3]. J'ai de terribles nouvelles à vous apprendre.

Le docteur changea un peu de visage, mais un instant lui suffit pour se dominer.

– Merci, Jim, dit-il très haut, comme s'il m'eût posé une question. C'est tout ce que je voulais savoir.

Sur quoi il tourna les talons et rejoignit ses deux interlocuteurs. Ils conversèrent un instant et, bien qu'aucun d'eux n'eût tressailli ni même élevé la voix, il était clair que le docteur Livesey leur avait transmis ma requête[4] car, au bout d'une minute, j'entendis le capitaine donner à Job Anderson l'ordre de rassembler tout le monde sur le pont.

– Mes gars, prononça le capitaine Smollett, j'ai un mot à vous dire. Cette terre que vous voyez est le but de notre voyage. M. Trelawney, qui est un gentilhomme très généreux, comme nous le savons tous, vient de me poser quelques questions sur vous, et comme j'ai pu lui affirmer que tout le monde à bord a fait son devoir, du premier au dernier, et à ma pleine satisfaction, eh bien ! lui et moi, avec le docteur, nous allons descendre dans la cabine pour boire à votre santé et à votre succès à vous, tandis qu'on vous servira le grog dehors et que vous boirez à notre santé et à notre succès à nous. Je vous le déclare, cela me paraît noble

notes

1. ***quérir :*** chercher.
2. ***tout à trac :*** d'un seul coup, brusquement.
3. ***mander :*** appeler.
4. ***requête :*** demande.

et généreux. Et si vous êtes du même avis, vous allez pousser un bon vivat marin en l'honneur du gentilhomme qui vous abreuve[1].

Le vivat retentit, ce qui allait de soi ; mais il s'éleva si nourri et chaleureux que, je l'avoue, j'avais peine à croire que ces mêmes hommes étaient en train de comploter notre mort.

– Encore un vivat pour le capitaine Smollett ! cria Long John, quand le premier se fut apaisé.

Et celui-là aussi fut poussé avec ensemble.

Là-dessus, les trois messieurs descendirent, et, peu après, on vint dire à l'avant que Jim Hawkins était demandé dans la cabine.

Je les trouvai tous trois attablés devant une bouteille de vin d'Espagne et une assiette de raisins secs. Sa perruque sur les genoux, ce qui était chez lui un signe d'agitation, le docteur fumait. La fenêtre de poupe était ouverte sur la nuit chaude, et on voyait la lune se jouer[2] dans le sillage du navire.

– Allons, Hawkins, prononça le chevalier, vous avez quelque chose à dire. Parlez.

Je m'exécutai et, aussi brièvement que possible, je rapportai dans tous ses détails le conciliabule de Silver. On me laissa aller jusqu'au bout sans m'interrompre, et mes trois auditeurs, complètement immobiles, ne quittèrent pas des yeux mon visage, du commencement à la fin.

– Jim, dit le docteur Livesey, prenez un siège.

Et ils me firent asseoir à leur table, me versèrent un verre de vin, emplirent mes mains de raisins, et tous trois, l'un

notes

1. vous abreuve : vous donne à boire.
2. se jouer : se refléter.

après l'autre, et chacun avec un salut, burent à ma santé, me félicitant sur ma chance et mon courage.

– Capitaine, dit le chevalier, vous aviez raison, et j'avais tort. Je ne suis qu'un sot, je l'avoue, et j'attends vos instructions.

– Pas plus un sot que moi, monsieur, répondit le capitaine. Je n'ai jamais ouï parler d'un équipage qui, ayant l'intention de se mutiner, n'en manifeste au préalable quelques signes, permettant, à quiconque a des yeux, de prévoir le coup et de prendre ses mesures en conséquence.

– Capitaine, dit le docteur, c'est le fait de Silver. Un homme des plus remarquables.

– Il ferait remarquablement bien au bout d'une grand-vergue[1], monsieur, riposta le capitaine. Mais nous bavardons : cela ne mène à rien. Je vois trois ou quatre points et, avec la permission de M. Trelawney, je vais les énumérer.

– Vous êtes le capitaine, monsieur, dit avec noblesse M. Trelawney. C'est à vous de parler.

– Premier point, commença M. Smollett : il nous faut aller de l'avant, parce que nous ne pouvons reculer. Si je donne l'ordre de virer de bord[2], ils se révolteront aussitôt. Second point : nous avons du temps devant nous... au moins jusqu'à la découverte de ce trésor. Troisième point : il y a des matelots fidèles. Or, monsieur, comme il faudra en venir aux mains tôt ou tard, je propose de saisir l'occasion aux cheveux, comme on dit, et d'attaquer les premiers, le jour où ils s'y attendront le moins. Nous pouvons compter, je suppose, sur vos domestiques personnels, monsieur Trelawney ?

notes

1. *grand-vergue :* pièce de bois disposée en croix qui porte la grand-voile.

2. *virer de bord :* changer de direction.

– Comme sur moi-même.

– Cela fait trois. Avec nous, sept, en comptant Hawkins. Et quant aux matelots honnêtes ?...

– Apparemment les seuls hommes de Trelawney, dit le docteur ; ceux qu'il a choisis lui-même, avant de s'en remettre à Silver.

– Non pas, répliqua le chevalier ; Hands était un des miens.

– Je me serais pourtant fié à lui ! ajouta le capitaine.

– Et dire que ce sont tous des Anglais ! éclata le chevalier. Pour un peu, monsieur, je ferais sauter le navire !

– Eh bien, messieurs, reprit le capitaine, ce que je puis dire de mieux n'est guère. Il nous faut mettre à la cape[1], si vous voulez bien, et faire bonne veille. C'est irritant, je le sais. Il serait plus agréable d'en venir aux mains. Mais il n'y a rien à faire tant que nous ne connaîtrons pas nos hommes. Mettre à la cape et attendre le vent, tel est mon avis.

– Jim que voici, dit le docteur, peut nous aider mieux que personne. Les hommes ne se méfient pas de lui et Jim est un garçon observateur.

– Hawkins, ajouta le chevalier, je mets en vous une confiance énorme.

Mais je percevais trop mon impuissance radicale et je me sentis envahir par le désespoir ; et pourtant, grâce à un concours singulier de circonstances, ce fut, en effet, moi qui nous procurai le salut. En attendant, nous avions beau dire, sur vingt-six hommes, il n'y en avait que sept sur qui nous pouvions compter ; et, de ces sept, l'un était un enfant, si bien que nous étions six hommes faits[2] d'un côté contre dix-neuf de l'autre.

notes

1. mettre à la cape : réduire la voilure pour ralentir le bateau.

2. hommes faits : adultes.

Mon aventure à terre

Chapitre 13

Où commence mon aventure à terre

[Dès son arrivée, Jim saute dans un canot puis part, seul, à la découverte de l'île et à la recherche du trésor.]

Quand je montai sur le pont, le lendemain matin, l'île se présentait sous un aspect tout nouveau. La brise était complètement tombée, mais nous avions fait beaucoup de chemin durant la nuit et, à cette heure, le calme plat nous retenait à un demi-mille environ dans le sud-est de la basse côte orientale[1]. Sur presque toute sa superficie s'étendaient des bois aux tons grisâtres. Cette teinte uniforme était interrompue par des bandes de sable jaune garnissant les creux du terrain, et par quantité d'arbres élevés, de la famille des pins, qui dominaient les autres,

note

1. orientale : à l'est.

soit isolément soit par bouquets ; mais le coloris général était terne et mélancolique. Les montagnes dressaient par-dessus cette végétation leurs pitons de roc dénudé. Toutes étaient de forme bizarre, et la Longue-Vue, de trois ou quatre cents pieds la plus haute de l'île, offrait également l'aspect le plus bizarre, s'élançant à pic de tous côtés, et tronquée[1] net au sommet comme un piédestal qui attend sa statue.

Chapitre 14 — Le premier coup

J'étais si content d'avoir planté là Long John que je commençai à me divertir et à examiner avec curiosité le lieu où je me trouvais, sur cette terre étrangère.

J'avais franchi un espace marécageux, encombré de saules, de joncs et de singuliers arbres paludéens[2] à l'aspect exotique, et j'étais arrivé sur les limites d'un terrain découvert, aux ondulations sablonneuses, long d'un mille[3] environ, parsemé de quelques pins et d'un grand nombre d'arbustes rabougris, rappelant assez des chênes par leur aspect, mais d'un feuillage argenté comme celui des saules. À l'extrémité du découvert s'élevait l'une des montagnes, dont le soleil éclatant illuminait les deux sommets, aux escarpements[4] bizarres.

suite p. 74

notes

1. tronquée : dont on a retiré une partie.

2. arbres paludéens : arbres des marécages.

3. mille : un mille (ou mile) terrestre vaut 1 609 mètres.

4. escarpements : pentes raides, abruptes.

Au fil du texte

Questions sur les chapitres 12 et 13 (pages 63 à 71)

QUE S'EST-IL PASSÉ ENTRE-TEMPS ?

1. Que complotent Silver et ses amis ?

2. Jim a failli être surpris alors qu'il était caché dans le tonneau de pommes. Qu'est-ce qui l'a sauvé ?

3. Qu'apprennent Jim et le lecteur par le cri lancé à la fin du chapitre 11 ?

description : **pause dans le récit ; elle peut avoir une fonction esthétique, réaliste, explicative ou symbolique.**

narrateur : **celui qui raconte l'histoire.**

AVEZ-VOUS BIEN LU ?

4. Pourquoi le début du chapitre 12 est-il un moment important du récit ?

5. Quel est le sens de : *« Les yeux de Long John flamboyèrent »* (l. 456) ? Pourquoi Silver est-il déçu lorsque le capitaine lui présente la carte ?

6. Expliquez le titre du chapitre 12 : *« Conseil de guerre. »*

7. Quel est le rapport de force établi entre les personnages à la fin du chapitre 12 ?

ÉTUDIER LE VOCABULAIRE

8. Poursuivez la fiche entreprise à la question 8 page 55 en relevant, dans le chapitre 12, de nouveaux mots relatifs à la navigation.

ÉTUDIER LA DESCRIPTION* DE L'ÎLE (PP. 70-71)

9. Qui voit l'île ?

10. De quel endroit ?

11. Quels éléments de l'île attirent l'attention du narrateur* ?

12. Relevez les indications de couleur.

13. Relevez le seul verbe de l'extrait conjugué au passé simple*.

14. Relevez dans un tableau à deux colonnes les autres verbes en distinguant ceux qui sont conjugués à l'imparfait* et ceux qui sont conjugués au plus-que-parfait*.

ÉTUDIER LA PLACE DE L'EXTRAIT DANS L'ŒUVRE

15. Les personnages sont sur le point de débarquer sur l'île pour entreprendre la recherche du trésor. Quelles questions le lecteur peut-il se poser à ce moment précis du récit ?

LIRE L'IMAGE

Document page 58.

16. Qui sont les personnages représentés ?

17. Comment le clair-obscur du clair de lune est-il rendu ?

18. Qu'est-ce qui, dans le dessin, rend inquiétants les personnages situés au deuxième plan ?

À VOS PLUMES !

19. Décrivez à votre tour un paysage que vous découvrez pour la première fois. Vous introduirez votre description par un verbe de perception conjugué au passé simple. Puis vous décrirez le paysage à l'aide de verbes conjugués à l'imparfait et au plus-que-parfait.
Vous vous efforcerez de « colorer » votre description d'une tonalité enjouée ou empreinte de mélancolie.

imparfait et passé simple : **ce sont deux temps du récit. Le passé simple exprime des actions bornées et de premier plan. L'imparfait exprime des actions non bornées et d'arrière-plan.**

plus-que-parfait : **il exprime l'accompli et l'antériorité. Les actions rapportées au plus-que-parfait sont accomplies et ont eu lieu avant celles qui sont exprimées au passé simple ou à l'imparfait, d'où son utilisation dans les retours en arrière.**

Je connus alors pour la première fois les joies de l'explorateur. L'île était inhabitée ; mes compagnons, je les avais laissés en arrière, et rien ne vivait devant moi que des bêtes. Je rôdais au hasard parmi les arbres. Çà et là fleurissaient des plantes inconnues de moi ; çà et là je vis des serpents, dont l'un darda[1] la tête hors d'une crevasse de rocher, en sifflant avec un bruit assez analogue au ronflement d'une toupie. Je ne me doutais guère que j'avais là, devant moi, un ennemi mortel, et que ce bruit était celui de la fameuse « sonnette ».

J'arrivai ensuite à un long fourré de ces espèces de chênes – des chênes verts, comme j'appris plus tard à les nommer – qui buissonnaient au ras du sable, telles des ronces, et entrelaçaient bizarrement leurs ramures[2], serrées dru comme un chaume[3]. Le fourré partait du haut d'un monticule de sable et s'étendait, toujours en s'élargissant et augmentant de taille, jusqu'à la limite du vaste marais plein de roseaux, parmi lequel se traînait la plus proche des petites rivières qui débouchent dans le mouillage. Sous l'ardeur du soleil, une exhalaison[4] montait du marais et les contours de la Longue-Vue tremblotaient dans la buée.

Tout d'un coup, il se fit entre les joncs une sorte d'émeute : avec un cri rauque, un canard sauvage s'envola, puis un autre, et bientôt, sur toute la superficie du marais, une énorme nuée d'oiseaux criards tournoya dans l'air. Je jugeai par là que plusieurs de mes compagnons de bord s'approchaient par les confins[5] du marigot[6]. Et je ne me trompais pas, car je perçus bientôt les lointains et faibles

notes

1. darda : fit surgir.

2. ramures : branches des arbres.

3. chaume : paille.

4. exhalaison : odeur.

5. confins : extrémités.

6. marigot : bras mort de rivière qui se perd dans les terres.

accents d'une voix humaine qui se renforça et se rapprocha peu à peu, tandis que je continuais à prêter l'oreille.

Cela me jeta dans une grande frayeur. Je me glissai sous le feuillage du chêne vert le plus proche et m'y accroupis, aux aguets, sans faire plus de bruit qu'une souris.

Une autre voix répondit à la première ; puis celle-ci, que je reconnus pour celle de Silver, reprit et continua longtemps d'abondance, interrompue par l'autre à deux ou trois reprises seulement. D'après le ton, les interlocuteurs causaient avec vivacité et se disputaient presque ; mais il ne me parvenait aucun mot distinct.

À la fin, les deux hommes firent halte, et probablement ils s'assirent, car non seulement ils cessèrent de se rapprocher, mais les oiseaux mêmes s'apaisèrent peu à peu et retournèrent à leurs places dans le marais.

Et alors, je m'aperçus que je négligeais mon rôle. Puisque j'avais eu la folle témérité de venir à terre avec ces sacripants[1], le moins que je pusse faire était de les espionner dans leurs conciliabules, et mon devoir clair et évident était de m'approcher d'eux autant que possible, sous le couvert propice[2] des arbustes rampants.

Je pouvais déterminer fort exactement la direction où se trouvaient les interlocuteurs, non seulement par le son des voix, mais par la conduite des derniers oiseaux qui planaient encore, effarouchés, au-dessus des intrus.

M'avançant à quatre pattes, je me dirigeai vers eux, sans dévier, mais avec lenteur. Enfin, par une trouée du feuillage, ma vue plongea dans un petit creux de verdure, voisin du marais et étroitement entouré d'arbres, où Long John Silver et un autre membre de l'équipage s'entretenaient tête à tête.

notes

1. sacripants : bandits. **2. propice :** favorable.

Le soleil tombait en plein sur eux. Silver avait jeté son chapeau près de lui sur le sol, et il levait vers son compagnon, avec l'air de l'exhorter[1], son grand visage lisse et blond, tout verni de chaleur.

– Mon gars, disait-il, c'est parce que je t'estime au poids de l'or... oui, au poids de l'or, sois-en sûr ! Si je ne tenais pas à toi comme de la glu, crois-tu que je serais ici occupé à te mettre en garde ? La chose est réglée : tu ne peux rien faire ni empêcher ; c'est pour sauver ta tête que je te parle, et si un de ces brutaux le savait, que deviendrais-je, Tom ?... hein, dis, que deviendrais-je ?

– Silver, répliqua l'autre (et non seulement il avait le rouge au visage mais il parlait avec la raucité d'un corbeau[2] et sa voix frémissait comme une corde tendue), Silver, tu es âgé, tu es honnête, ou tu en as du moins la réputation ; de plus, tu possèdes de l'argent, à l'inverse d'un tas de pauvres marins ; et tu es brave, si je ne me trompe. Et tu vas venir me raconter que tu t'es laissé entraîner par ce ramassis de vils sagouins[3] ? Non ! ce n'est pas possible ! Aussi vrai que Dieu me voit, j'en mettrais ma main au feu. Quant à moi, si je renie mon devoir...

Un bruit soudain l'interrompit. Je venais de découvrir en lui l'un des matelots honnêtes, et voici qu'en cet instant un autre me révélait son existence. Au loin sur le marigot avait éclaté un brusque cri de colère, aussitôt suivi d'un second ; et puis vint un hurlement affreux et prolongé. Les rochers de la Longue-Vue le répercutèrent en échos multipliés ; toute la troupe des oiseaux de marais prit une fois de plus

notes

1. *exhorter* : encourager avec vivacité.

2. *avec la raucité d'un corbeau* : d'une voix rauque et éraillée.

3. *sagouins* : petits singes.

son essor et assombrit le ciel dans un bruit d'ailes tumultueux ; et ce cri d'agonie me résonnait toujours dans le crâne, alors que le silence régnait à nouveau depuis longtemps et que la rumeur des oiseaux redescendants et le tonnerre lointain du ressac troublaient seuls la touffeur[1] de l'après-midi.

Tom avait bondi au bruit, comme un cheval sous l'éperon : mais Silver ne sourcilla pas. Il restait en place, appuyé légèrement sur sa béquille, surveillant son interlocuteur, comme un reptile prêt à s'élancer.

– John, fit le matelot en avançant la main.

– Bas les pattes ! ordonna Silver, qui sauta d'une demi-toise[2] en arrière avec l'agilité et la précision d'un gymnaste exercé.

– Bas les pattes, si tu veux, John Silver... C'est ta mauvaise conscience seule qui te fait avoir peur de moi. Mais au nom du ciel, qu'est-ce que c'était que ça ?

Silver sourit, mais sans se départir de[3] son attention : dans sa grosse figure, son œil, réduit à une simple tête d'épingle, étincelait comme un éclat de verre.

– Ça ? répondit-il. Eh ! il me semble que ce devait être Alan.

À ces mots, l'infortuné Tom se redressa, héroïque :

– Alan ! Alors, que son âme repose en paix : c'était un vrai marin ! Quant à toi, John Silver, tu as été longtemps mon copain, mais tu ne l'es plus. Si je meurs comme un chien, je mourrai quand même dans mon devoir. Tu as fait tuer Alan, n'est-ce pas ? Tue-moi donc aussi, si tu en es capable, mais je te mets au défi.

notes

1. touffeur : chaleur étouffante.

2. demi-toise : une toise équivaut à 195 centimètres.

3. se départir de : abandonner.

Là-dessus, le brave garçon tourna le dos au coq et se dirigea vers le rivage. Mais il n'alla pas loin. Avec un hurlement, John saisit une branche d'un arbre, dégagea sa béquille de dessous son bras et la lança à toute volée, la pointe en avant. Ce singulier projectile atteignit Tom en plein milieu du dos, avec une violence foudroyante. Le malheureux leva les bras, poussa un cri étouffé et s'abattit.

Était-il blessé grièvement ou non ? Je crois bien, à en juger par le bruit, qu'il eut l'épine dorsale brisée du coup. Mais Silver ne lui donna pas le loisir de se relever. Agile comme un singe, même privé de sa béquille, le coq était déjà sur lui et par deux fois enfonçait son coutelas jusqu'au manche dans ce corps sans défense. De ma cachette, je l'entendis ahaner[1] en frappant.

J'ignore ce qu'est un évanouissement véritable, mais je sais que, pour une minute, tout ce qui m'entourait se perdit à ma vue dans un brumeux tourbillon : Silver, les oiseaux et la montagne ondulaient en tous sens devant mes yeux, et un tintamarre[2] confus de cloches et de voix lointaines m'emplissait les oreilles.

Quand je revins à moi, l'infâme, béquille sous le bras, chapeau sur la tête, s'était ressaisi. À ses pieds, Tom gisait inerte[3] sur le gazon ; mais le meurtrier n'en avait nul souci et il essuyait à une touffe d'herbe son couteau sanglant. Rien d'autre n'avait changé, le même soleil implacable brillait toujours sur le marais vaporeux et sur les cimes de la montagne. J'avais peine à me persuader qu'un meurtre venait d'être commis là et une vie humaine cruellement tranchée un moment plus tôt, sous mes yeux.

notes

1. ahaner : pousser des cris lors d'un effort.

2. tintamarre : vacarme.

3. inerte : immobile.

John porta la main à sa poche et y prit un sifflet dont il tira des modulations qui se propagèrent au loin dans l'air chaud. J'ignorais, bien entendu, la signification de ce signal ; mais il m'angoissa. On allait venir. On me découvrirait peut-être. Ils avaient déjà tué deux des matelots fidèles : après Tom et Alan, ne serait-ce pas mon tour ?

À l'instant j'entrepris de me dégager et rampai en arrière vers la partie moins touffue du bois, aussi vite et silencieusement que possible. J'entendais les appels qu'échangeaient le vieux flibustier[1] et ses camarades, et la proximité du danger me donnait des ailes. Sitôt sorti du fourré, je courus comme je n'avais jamais couru. Peu m'importait la direction, pourvu que ma fuite m'éloignât des meurtriers. Et durant cette course la peur ne cessa de croître en moi jusqu'à m'affoler presque.

Personne, en effet, pouvait-il être plus irrémédiablement perdu ? Au coup de canon, comment oserais-je regagner les embarcations, parmi ces bandits encore sanglants de leur crime ? Le premier qui m'apercevrait ne me tordrait-il pas le cou comme à un poulet ? Mon absence à elle seule ne me condamnait-elle pas à leurs yeux ? Tout était fini, pensais-je. Adieu *Hispaniola*, adieu chevalier, docteur, capitaine ! Mourir de faim ou mourir sous les coups des révoltés, je n'avais pas d'autre choix.

Cependant, comme je l'ai dit, je courais toujours et, sans m'en apercevoir, j'étais arrivé au pied de la petite montagne à deux sommets, dans une partie de l'île où les chênes verts croissaient moins dru et ressemblaient davantage à des arbres forestiers par le port et les dimensions. Il s'y entremêlait

note

1. *flibustier* : pirate.

quelques pins solitaires qui atteignaient en moyenne cinquante pieds et quelques-uns jusqu'à soixante-dix. L'air, en outre, semblait plus pur que dans les bas-fonds voisins du marigot.

Et voici qu'une nouvelle alerte m'arrêta court, le cœur palpitant.

Chapitre 15 — L'homme de l'île

Du flanc de la montagne, qui était ici abrupte et rocheuse, une pluie de cailloux se détacha et tomba en crépitant et ricochant parmi les arbres. D'instinct, mes yeux se tournèrent dans cette direction et j'entrevis une forme qui, d'un bond rapide, s'abritait par-derrière le tronc d'un pin. Était-ce un ours, un homme ou un singe ? il m'était impossible de le conjecturer[1]. L'être semblait noir et velu : je n'en savais pas davantage. Mais dans l'effroi de cette nouvelle apparition, je m'immobilisai.

Je me voyais, à cette heure, cerné de toutes parts : derrière moi, les meurtriers ; devant, ce je-ne-sais-quoi embusqué. Sans un instant d'hésitation, je préférai les dangers connus aux inconnus. Comparé à cette créature de bois, Silver lui-même m'apparut moins redoutable. Je fis donc volte-face, et, tout en regardant derrière moi avec inquiétude, retournai sur mes pas dans la direction des canots.

note

1. ***conjecturer :*** supposer, deviner.

Aussitôt, la forme reparut et, faisant un grand détour, parut s'appliquer à me couper la retraite. J'étais las, certes, mais eussé-je été aussi frais qu'à mon lever, je vis bien qu'il m'était impossible de lutter de vitesse avec un tel adversaire. Passant d'un tronc à l'autre, la mystérieuse créature filait comme un daim. Elle se tenait sur deux jambes, à la manière des hommes, mais, ce que je n'avais jamais vu faire à aucun homme, elle courait presque pliée en deux. Et malgré cela, je n'en pouvais plus douter, c'était un homme.

Je me rappelai ce que je savais des cannibales[1] et fus sur le point d'appeler au secours. Mais le simple fait que c'était un homme, même sauvage, suffisait à me rassurer, et ma crainte de Silver se réveilla en proportion. Je m'arrêtai donc, cherchant un moyen de salut et, à la longue, le souvenir de mon pistolet me revint. Je n'étais donc pas sans défense ; le courage se ranima dans mon cœur ; je fis face à cet homme de l'île et marchai délibérément vers lui.

Il venait de se dissimuler derrière un tronc d'arbre ; mais il me surveillait attentivement car, au premier geste que je risquai dans sa direction, il reparut et fit un pas à ma rencontre. Puis il se ravisa, recula, s'avança derechef[2], et enfin, à mon étonnement et à ma confusion, se jeta à genoux et tendit vers moi des mains suppliantes.

Je m'arrêtai de nouveau et lui demandai :

– Qui êtes-vous ?

– Ben Gunn, me répondit-il, d'une voix rauque et embarrassée comme le grincement d'une serrure rouillée. Je suis le pauvre Ben Gunn, oui, et depuis trois ans je n'ai pas parlé à un chrétien.

notes

1. *cannibales* : mangeurs d'hommes.

2. *derechef* : une fois de plus.

Je m'aperçus alors que c'était un Blanc comme moi, et qu'il avait des traits assez agréables. Sa peau, partout où on la voyait, était brûlée du soleil ; ses lèvres mêmes étaient noircies, et ses yeux bleus surprenaient tout à fait, dans un si sombre visage. De tous les mendiants que j'avais vus ou imaginés, c'était le maître en fait de haillons[1]. Des lambeaux de vieille toile à voile et de vieux cirés le vêtaient[2] ; et cette bizarre mosaïque[3] tenait ensemble par un système d'attaches des plus variées et des plus incongrues[4] : boutons de métal, liens d'osier, nœuds de filin goudronné. Autour de sa taille, il portait un vieux ceinturon de cuir à boucle de cuivre, qui était la seule partie solide de tout son accoutrement[5].

– Trois ans ! m'écriai-je. Vous avez fait naufrage ?

– Non, camarade, répondit-il, *marronné.*

Je connaissais le terme et savais qu'il désignait un de ces horribles châtiments usités[6] chez les flibustiers, qui consiste à déposer le coupable, avec un peu de poudre et quelques balles, sur une île déserte et lointaine.

– Marronné depuis trois ans, continua-t-il, et pendant ce temps j'ai vécu de chèvres, de fruits et de coquillages. À mon avis, n'importe où l'on se trouve, on peut se tirer d'affaire. Mais, camarade, mon cœur aspire à une nourriture de chrétien. Dis, n'aurais-tu pas sur toi, par hasard, un morceau de fromage ? Non ? Ah ! c'est qu'il y a des nuits et des nuits que je rêve de fromage... grillé, surtout... et puis je me réveille, et je me retrouve ici.

– Si jamais je peux retourner à bord, répliquai-je, vous aurez du fromage, au quintal[7].

notes

1. *haillons :* vêtements en très mauvais état, en lambeaux.

2. *le vêtaient :* l'habillaient.

3. *mosaïque :* assemblages de pièces différentes.

4. *incongrues :* inattendues, bizarres.

5. *accoutrement :* tenue vestimentaire inhabituelle.

6. *usités :* utilisés.

7. *quintal :* un quintal équivaut à 100 kilogrammes.

Jim Hawkins et Ben Gunn,
dessin de George Roux,
collection Hetzel,
Paris, 1885.

Durant tout ce temps, il avait tâté l'étoffe de ma vareuse[1], caressé mes mains, examiné mes souliers et, bref, manifesté un plaisir d'enfant à voir auprès de lui un congénère[2]. Mais, à mes derniers mots, il leva la tête avec une sorte d'étonnement sournois.

– Si jamais tu peux retourner à bord, dis-tu ? répéta-t-il. Mais, voyons, qui est-ce qui t'en empêcherait ?

– Ce n'est pas vous, je le sais.

– Sûrement non ! s'écria-t-il. Mais tiens... comment t'appelles-tu, camarade ?

– Jim.

– Jim, Jim... fit-il avec un plaisir évident. Eh bien, tiens, Jim, j'ai mené une vie si brutale que tu aurais honte de l'entendre conter. Ainsi, par exemple, tu ne croirais pas que j'ai eu une mère pieuse[3]... à me voir ?

– Ma foi non, pas précisément.

– Tu vois, fit-il. Eh bien, j'en ai eu tout de même une, remarquablement pieuse. J'étais un garçon poli et pieux, et je pouvais débiter mon catéchisme si vite qu'on n'aurait pas distingué un mot de l'autre. Et voici à quoi cela a abouti, Jim, et cela a commencé en jouant à la fossette[4] sur les tombes saintes ! C'est ainsi que cela a commencé, mais ça ne s'est pas arrêté là ; et ma mère m'avait dit et prédit le tout, hélas ! la pieuse femme ! Mais c'est la Providence qui m'a placé ici. J'ai médité à fond sur tout cela dans cette île solitaire, et je suis revenu à la piété[5]. On ne m'y prendra plus à boire autant de rhum : juste plein un dé, en réjouissance, naturellement, à la première occasion que j'aurai. Je me suis

notes

1. vareuse : veste de marin.

2. congénère : de la même espèce.

3. pieuse : croyante.

4. fossette : jeu consistant à jeter des pièces de monnaie dans un trou.

5. piété : respect de Dieu et de la religion.

juré d'être homme de bien et je sais comment je ferai. Et puis, Jim...

Il regarda tout autour de lui et, baissant la voix, me dit dans un chuchotement :

– Je suis riche.

Je ne doutai plus que le pauvre garçon fût devenu fou dans son isolement. Il est probable que mon visage exprima cette pensée, car il répéta son assertion[1] avec véhémence[2] :

– Riche ! oui, riche ! te dis-je. Et si tu veux savoir, je ferai quelqu'un de toi, Jim. Ah ! oui, tu béniras ton étoile, oui, car c'est toi le premier qui m'as rencontré !

Mais, à ces mots, une ombre soucieuse envahit tout à coup ses traits. Il serra plus fort ma main, leva devant mes yeux un index menaçant, et interrogea :

– Allons, Jim, dis-moi la vérité : ce n'est pas le navire de Flint ?

J'eus une heureuse inspiration. Je commençais à croire que j'avais trouvé un allié et je lui répondis aussitôt :

– Ce n'est pas le navire de Flint, et Flint est mort ; mais je vais vous dire la vérité comme vous me la demandez... nous avons à bord plusieurs matelots de Flint ; et c'est tant pis pour nous autres.

– Pas un homme... à une... jambe ? haleta-t-il.

– Silver ?

– Oui, Silver, c'était son nom.

– C'est le coq, et c'est aussi le meneur.

Il me tenait toujours par le poignet et, à ces mots, il me le tordit presque :

notes

1. assertion : affirmation.

2. véhémence : vivacité.

– Si tu es envoyé par Long John, je suis cuit, je le sais. Mais vous autres, qu'est-ce qui va vous arriver, croyez-vous ?

Je pris mon parti à l'instant et, en guise de réponse, je lui narrai toute l'histoire de notre voyage et la situation dans laquelle nous nous trouvions. Il m'écouta avec le plus vif intérêt ; quand j'eus fini, il me donna une petite tape sur la nuque.

– Tu es un bon garçon, Jim, et vous êtes tous dans une sale passe[1], hein ? Eh bien, vous n'avez qu'à vous fier à Ben Gunn... Ben Gunn est l'homme qu'il vous faut. Mais, crois-tu probable, dis, que ton chevalier se montrerait généreux en cas d'assistance... alors qu'il se trouve dans une sale passe, remarque ?

Je lui affirmai que le chevalier était le plus libéral[2] des hommes.

– Soit, mais vois-tu, reprit Ben Gunn, je ne voudrais pas qu'on me donne une porte à garder, et un habit de livrée[3], et le reste : ce n'est pas mon genre, Jim. Voici ce que je veux dire : serait-il capable de condescendre[4] à lâcher, mettons un millier de livres, sur l'argent qui est déjà comme sien à présent ?

– Je suis certain que oui. Il était convenu que tous les matelots auraient leur part.

– Et le passage de retour ? ajouta-t-il, d'un air très soupçonneux.

– Voyons ! le chevalier est un gentilhomme[5] ! Et d'ailleurs, si nous venons à bout des autres, nous aurons besoin de vous pour aider à la manœuvre du bâtiment.

– Ça... je ne serais pas de trop.

Et il parut entièrement rassuré.

notes

1. *sale passe :* situation difficile.

2. *libéral :* généreux.

3. *habit de livrée :* habit de concierge, de serviteur.

4. *condescendre :* accepter.

5. *gentilhomme :* homme honnête, sur qui l'on peut compter.

Au fil du texte

Questions sur le chapitre 15 (pages 80 à 86)

QUE S'EST-IL PASSÉ ENTRE-TEMPS ?

1. Quels animaux, quel type de végétation découvre Jim en parcourant l'île ?

2. Qu'est-il arrivé à Tom et à Alan ?

3. Pourquoi Jim s'est-il évanoui et s'est-il enfui, terrifié, après avoir repris connaissance ?

AVEZ-VOUS BIEN LU ?

4. Qui est « *l'homme de l'île* » ?

5. Recopiez le court paragraphe qui explique ce qu'est un marin *« marronné ».*

6. Pourquoi est-il si heureux de rencontrer Jim ?

7. Que peut-on imaginer quand il affirme : « *Je suis riche* » (l. 314) ?

ÉTUDIER LES SUBSTITUTS PRONOMINAUX ET LEXICAUX* (L. 209 À 233)

8. Relevez tous les mots et expressions qui désignent *« l'homme de l'île ».*

9. À quelle ligne le lecteur apprend-il qu'il s'agit d'un homme ?

10. Pourquoi peut-on parler de suspense dans ce passage ?

ÉTUDIER LE PORTRAIT DE BEN GUNN (L. 254 À 265)

11. Relevez le verbe de perception qui indique que Ben Gunn est vu par le personnage narrateur.

substituts pronominaux et lexicaux : **les substituts pronominaux sont des pronoms qui remplacent des noms ; les substituts lexicaux sont des noms ou des groupes nominaux qui remplacent des noms. Ces substituts permettent :**
– d'éviter les répétitions ;
– d'apporter des compléments d'information ;
– de créer parfois un effet de suspense.

12. À quel temps est conjugué ce verbe ?
13. Quel est le temps dominant du reste de l'extrait ?

14. Transposez cette description* en un schéma reprenant le thème* (l'homme), les sous-thèmes* (sa peau, ses lèvres...), les caractérisations* des sous-thèmes (brûlée par le soleil, noircies...).

15. Pourquoi ce personnage est-il à la fois effrayant et rassurant pour Jim ?

description :
on appelle :
– thème ce qui est décrit ;
– sous-thèmes les parties du thème ;
– caractérisations les informations qui précisent les sous-thèmes : adjectifs, compléments du nom, propositions subordonnées.

ÉTUDIER LA PLACE DE L'EXTRAIT DANS L'ŒUVRE

16. Ben Gunn est un nouveau personnage qui apparaît sur l'île. Quel rôle important le lecteur peut penser qu'il va jouer dans la suite du récit ?

LIRE L'IMAGE

Document page 83.

17. Qui sont les personnages représentés ?

18. Montrez comment ce dessin est construit autour de deux diagonales : sens de la lecture, position des personnages, lignes des regards...

19. Comment la supériorité d'un personnage sur l'autre est-elle rendue ?

À VOS PLUMES !

20. À la manière des lignes 209 à 233 du chapitre 15, rédigez un texte pour faire découvrir au lecteur un objet ou une personne qui ne sera nommé qu'à la fin, produisant ainsi une forme de suspense.

21. Décrivez un personnage insolite, puis faites le schéma de votre description.

La palanque

Chapitre 16 — Le docteur continue le récit : l'abandon du navire

Il était environ une heure et demie (trois coups, selon l'expression nautique) quand les deux canots de l'*Hispaniola* partirent à terre. Le capitaine, le chevalier et moi étions dans la cabine, à discuter la situation. Y eût-il eu un souffle de vent, nous serions tombés sur les six mutins restés à bord, puis nous aurions filé notre chaîne et pris le large[1]. Mais la brise manquait. Pour comble de malheur, Hunter descendit, apportant la nouvelle que Jim Hawkins avait sauté dans un canot et gagné la terre avec les autres.

Pas un seul instant nous ne songeâmes à douter de Jim Hawkins ; mais nous craignîmes pour sa vie. Avec des

note

1. nous aurions filé notre chaîne et pris le large : nous serions partis.

hommes d'une telle humeur, ce serait pur hasard si nous revoyions le petit. Nous courûmes sur le pont. La poix bouillait dans les coutures[1]. L'infecte puanteur du mouillage me donna la nausée : cela sentait la fièvre et la dysenterie[2] à plein nez, dans cet abominable lieu. Les six scélérats, abrités par une voile, étaient réunis sur le gaillard d'avant, à maugréer[3] ; vers la terre, presque arrivées au point où débouchaient les rivières, on pouvait voir les yoles[4] filer rapidement, un homme à la barre dans chacune. L'un d'eux sifflait *Lillibullero*.

L'attente nous excédait[5]. Il fut résolu[6] que Hunter et moi irions à terre avec le petit canot, en quête de nouvelles.

Les yoles avaient appuyé sur la droite ; mais Hunter et moi poussâmes juste dans la direction où la palanque[7] figurait sur la carte. Les deux hommes restés à garder les embarcations s'émurent de notre venue. *Lillibullero* s'arrêta, et je vis le couple discuter ce qu'il convenait de faire. Fussent-ils allés avertir Silver, tout aurait pu tourner autrement ; mais ils avaient leurs instructions, je suppose : ils conclurent de rester tranquillement où ils étaient, et *Lillibullero* reprit de plus belle.

La côte offrait une légère saillie[8], et je gouvernai pour la placer entre eux et nous : même avant d'atterrir, nous fûmes ainsi hors de vue des yoles. Je sautai à terre et, muni d'un grand foulard de soie sous mon chapeau pour me tenir frais et d'une couple de pistolets tout amorcés pour me défendre, je me mis en marche, aussi vite que la prudence le permettait.

notes

1. *la poix bouillait dans les coutures* : la chaleur faisait fondre le goudron qui assure l'étanchéité de la coque.

2. *dysenterie* : maladie qui provoque des diarrhées.

3. *maugréer* : se plaindre.

4. *yole* : barque qui sert à rejoindre la terre à partir du navire.

5. *nous excédait* : nous mettait hors de nous.

6. *il fut résolu* : il fut décidé.

7. *palanque* : petit fort composé d'une palissade entourant un blockhaus en bois.

8. *saillie* : avancée.

Avant d'avoir parcouru cinquante toises[1], j'arrivai à la palanque.

Voici en quoi elle consistait. Une source d'eau limpide jaillissait presque au sommet d'un monticule. Sur le monticule, et enfermant la source, on avait édifié une forte maison de rondins, capable de tenir à la rigueur une quarantaine de gens, et percée sur chaque face de meurtrières[2] pour la mousqueterie. Tout autour, on avait dénudé un large espace et le retranchement était complété par une palissade de six pieds de haut, sans porte ni ouverture, trop forte pour qu'on pût la renverser sans beaucoup de temps et de peines, et trop exposée pour abriter les assiégeants. Les défenseurs du blockhaus les tenaient de toutes parts : ils restaient tranquillement à couvert et les tiraient comme des perdrix.

Il ne leur fallait rien de plus que de la vigilance et des vivres ; car, à moins d'une complète surprise, la place pouvait résister à un corps d'armée.

Ce qui me séduisait plus particulièrement, c'était la source. Car, si nous avions dans la cabine de l'*Hispaniola* une assez bonne forteresse, avec quantité d'armes et de munitions, des vivres et d'excellents vins, nous avions négligé une chose : l'eau nous manquait. Je réfléchissais là-dessus, quand retentit sur l'île le cri d'un homme à l'article de la mort. Je n'étais pas novice[3] en fait de mort violente – j'ai servi S.A.R.[4] le duc de Cumberland et reçu moi-même une blessure à Fontenoy[5] – mais, malgré cela, mon pouls se mit à battre précipitamment. « C'en est fait de Jim Hawkins ! » Telle fut ma première pensée.

notes

1. toise : une toise équivaut à 195 centimètres.

2. meurtrière : ouverture étroite qui laisse juste la place pour laisser passer le canon d'une arme à feu.

3. novice : peu expérimenté.

4. S.A.R. : Son Altesse Royale.

5. Fontenoy : bataille de la guerre de succession d'Espagne qui opposa Français et Anglais en 1745.

Être un ancien soldat, c'est déjà quelque chose ; mais il est encore préférable d'avoir été médecin. On n'a pas le loisir de tergiverser[1], dans notre profession. Aussi donc, je pris à l'instant mon parti et, sans perdre une minute, regagnai le rivage et sautai dans le petit canot.

Par bonheur, Hunter ramait bien. Nous volions sur l'eau ; l'embarcation fut vite accostée et moi à bord de la goélette.

Je trouvai mes compagnons tout émus, comme de juste. Le chevalier, affaissé, était blanc comme un linge, en voyant dans quelle fâcheuse aventure il nous avait entraînés, la bonne âme ! Un des six matelots du gaillard d'avant ne valait guère mieux.

– Voilà, dit le capitaine Smollett, en nous le désignant, voilà un homme novice à cette besogne. Il a failli s'évanouir, docteur, en entendant le cri. Encore un coup de barre[2] et cet homme est à nous.

J'exposai mon plan au capitaine et, d'un commun accord, nous réglâmes le détail de son exécution.

On posta le vieux Redruth dans la coursive joignant la cabine au gaillard d'avant, avec trois ou quatre mousquets chargés et un matelas pour se garantir[3]. Hunter amena le canot jusque sous le sabord de retraite[4], et Joyce et moi nous mîmes à y empiler des caisses de poudre, des barils de lard, un tonnelet de cognac et mon inestimable pharmacie portative.

Cependant, le chevalier et le capitaine restèrent sur le pont, et le capitaine héla le quartier-maître qui était le principal matelot à bord.

notes

1. tergiverser : hésiter.

2. encore un coup de barre : encore une manœuvre.

3. se garantir : se protéger.

4. sabord de retraite : ouverture dans le flanc du navire.

– Maître Hands, lui dit-il, nous voici deux avec une paire de pistolets chacun. Si l'un de vous six fait un signal quelconque, c'est un homme mort.

Ils furent passablement décontenancés[1] et, après une courte délibération, ils s'engouffrèrent à la file dans le capot d'avant, croyant sans doute nous surprendre par-derrière. Mais, à la vue de Redruth qui les attendait dans la coursive, ils virèrent de bord aussitôt et une tête émergea sur le pont.

– À bas, chien ! cria le capitaine.

La tête disparut et il ne fut plus question, pour un temps, de ces six poules mouillées de matelots.

Nous avions alors, jetant les objets au petit bonheur, chargé le canot autant que la prudence le permettait. Joyce et moi descendîmes par le sabord de retraite, et nous dirigeâmes de nouveau vers la terre, de toute la vitesse de nos avirons.

Ce second voyage intrigua fort les guetteurs de la côte. *Lillibullero* se tut derechef, et nous allions les perdre de vue derrière la petite pointe, quand l'un d'eux sauta à terre et disparut. Je fus tenté de modifier mon plan et de détruire leurs embarcations, mais Silver et les autres pouvaient être à portée, et je craignis de tout perdre en voulant trop en faire.

Ayant pris terre à la même place que précédemment, nous nous mîmes en devoir de ravitailler le blockhaus. Nous fîmes le premier voyage à nous trois, lourdement chargés, et lançâmes nos provisions par-dessus la palissade. Puis, laissant Joyce pour les garder – un seul homme, à vrai dire, mais pourvu d'une demi-douzaine de mousquets[2] –, Hunter et moi retournâmes au petit canot prendre un nouveau

notes

1. décontenancés : déconcertés.

2. mousquets : ancêtres du fusil.

chargement. Nous continuâmes ainsi sans nous arrêter pour souffler, jusqu'à ce que la cargaison fût en place ; alors les deux valets prirent position dans le blockhaus, tandis que je ramais de toutes mes forces vers l'*Hispaniola*.

Que nous ayons risqué de charger une seconde fois le canot, cela paraît plus audacieux que ce ne l'était réellement. À coup sûr, nos adversaires avaient l'avantage du nombre mais il nous restait celui des armes. Pas un des hommes à terre n'avait un mousquet et, avant qu'ils pussent arriver à portée pour leurs pistolets, nous nous flattions de pouvoir régler leur compte à une bonne demi-douzaine d'entre eux.

Le chevalier, complètement remis de sa faiblesse, m'attendait au sabord de retraite. Il saisit notre aussière[1], qu'il amarra[2], et nous nous mîmes à charger l'embarcation à toute vitesse. Lard, poudre et biscuit formèrent la cargaison, avec un seul mousquet et un coutelas par personne, pour le chevalier et moi, Redruth et le capitaine. Le reste des armes et de la poudre fut jeté à la mer par deux brasses et demie d'eau, si bien que nous pouvions voir, au-dessous de nous, l'acier briller au soleil sur le fond de sable fin.

À ce moment, la marée commençait à baisser et le navire venait à l'appel de son ancre[3]. On entendait des voix lointaines se héler[4] dans la direction des deux yoles ; et tout en nous rassurant à l'égard de Joyce et Hunter, qui étaient plus à l'est, cette circonstance nous fit hâter notre départ.

Redruth abandonna son poste de la coursive et sauta dans le canot, que nous menâmes vers l'arrière du pont, pour la commodité du capitaine Smollett. Celui-ci éleva la voix :

notes

1. aussière : cordage qui sert à amarrer et à remorquer des navires.

2. amarra : fixa.

3. venait à l'appel de son ancre : bougeait selon le courant et la tension de la chaîne d'ancre.

4. se héler : s'appeler de loin.

– Holà, les hommes, m'entendez-vous ?

Pas de réponse du gaillard d'avant.

– C'est à vous, Abraham Gray, c'est à vous que je m'adresse.

Toujours pas de réponse.

– Gray, reprit M. Smollett en haussant le ton, je quitte ce navire, et je vous ordonne de suivre votre capitaine. Je sais qu'au fond vous êtes un brave garçon, et je crois bien qu'aucun de votre bande n'est aussi mauvais qu'il veut le paraître. J'ai ma montre en main : je vous donne trente secondes pour me rejoindre.

Il y eut un silence.

– Allons, mon ami, continua le capitaine, ne soyez pas si lent à virer[1]. Je risque à chaque seconde ma vie et celle de ces bons messieurs.

Il y eut une soudaine ruée, un bruit de lutte, et Abraham Gray, s'élançant au-dehors avec une balafre le long de la joue, courut à son capitaine, comme un chien qu'on siffle. Il lui dit :

– Je suis avec vous, monsieur !

Un instant plus tard, lui et le capitaine avaient sauté à bord du canot, et nous poussâmes au large.

Nous avions quitté le navire, mais nous n'étions pas encore à terre, dans notre palanque.

note

1. lent à virer : lent à changer d'avis (sens figuré).

Chapitre 18 — Suite du récit par le docteur : fin du premier jour de combat

[Arrivés à terre sous les bombardements du canon du bateau, le docteur et ses compagnons tentent maintenant de rejoindre le fortin.]

Nous traversâmes en toute hâte la zone boisée qui nous séparait encore du fortin. À chaque pas nous entendions se rapprocher les voix des flibustiers. Bientôt nous perçûmes le bruit de leurs foulées et le craquement des branches quand ils traversaient un buisson.

Je compris que nous n'éviterions pas une escarmouche[1] sérieuse, et vérifiai mon amorce.

– Capitaine, fis-je, Trelawney est un excellent tireur. Passez-lui votre fusil : le sien est inutilisable.

Ils échangèrent leurs fusils, et Trelawney, impassible et muet comme il l'était depuis le début de la bagarre, s'arrêta un instant pour vérifier la charge. Je m'aperçus alors que Gray était sans armes et je lui tendis mon coutelas. Il cracha dans sa main, fronça les sourcils, fit siffler sa lame en l'air, et cela nous mit du baume au cœur. Toute son attitude prouvait à l'évidence que notre nouvelle recrue valait son pesant de sel.

Cinquante pas plus loin, nous arrivâmes à la lisière du bois et vîmes devant nous la palanque. Nous abordâmes le retranchement par le milieu de son côté sud, presque au même instant où sept mutins, dirigés par Job Anderson, le maître d'équipage, débouchaient en hurlant de l'angle sud-ouest.

note

1. escarmouche : accrochage.

Ils s'arrêtèrent tout déconcertés ; et avant qu'ils se fussent ressaisis, non seulement le chevalier et moi, mais Hunter et Joyce, du blockhaus, eûmes le temps de tirer. Les quatre coups partirent en une salve[1] peu réglementaire ; mais ils furent efficaces : un de nos ennemis tomba, et les autres, sans hésitation, firent demi-tour et s'enfoncèrent dans le fourré.

Après avoir rechargé, nous allâmes, en longeant l'extérieur de la palissade, jusqu'à l'ennemi abattu.

Il était raide mort – une balle en plein cœur.

Nous nous félicitions de notre heureux succès lorsqu'un coup de pistolet partit du bois, une balle siffla, m'effleurant l'oreille, et le pauvre Tom Redruth vacilla puis tomba de son long sur le sol. Le chevalier et moi ripostâmes au coup ; mais, comme nous tirions au hasard, ce fut probablement de la poudre perdue. Après quoi, et nos fusils rechargés, nous portâmes notre attention sur le blessé.

Le capitaine et Gray l'examinaient déjà, et je vis d'un coup d'œil que le malheureux était perdu.

Je crois que, par sa prompte réplique, notre salve avait dispersé à nouveau les mutins car ils nous laissèrent, sans autres hostilités, emporter le vieux garde-chasse. L'ayant hissé pardessus la palanque, nous le déposâmes, sanglant et gémissant, dans la maison de rondins.

Le pauvre vieux n'avait pas eu un mot de surprise, de plainte ou de peur, ni même d'acquiescement[2], depuis le début de nos tribulations[3] jusqu'à ce moment où il attendait la mort. Il s'était posté derrière son matelas dans la coursive, comme un héros d'Homère[4] ; il avait obéi à tous les ordres,

notes

1. salve : série de coups.

2. acquiescement : approbation.

3. tribulations : mésaventures.

4. Homère : poète grec, auteur présumé de l'*Iliade* et de l'*Odyssée*.

en silence, avec résolution et ponctuellement. Il était de vingt ans le plus âgé de notre parti, et maintenant, ce vieux serviteur fidèle et résigné, c'était lui qui allait mourir.

Le chevalier se jeta à genoux auprès de lui et lui baisa la main, en pleurant comme un enfant.

– Est-ce que je vais vous quitter, docteur ? demanda le blessé.

– Tom, mon ami, lui répondis-je, vous allez regagner la céleste patrie[1].

– Avant ça, j'aurais bien voulu faire tâter de mon fusil à ces salauds-là.

– Tom, prononça le chevalier, dites-moi que vous me pardonnez, voulez-vous ?

– Serait-ce bien convenable, de moi à vous, monsieur le chevalier ? Néanmoins, ainsi soit-il, amen !

Après un petit intervalle de silence, il exprima le souhait d'entendre lire une prière. « C'est la coutume, monsieur », ajouta-t-il, en manière d'excuse. Et peu après, sans un mot de plus, il expira.

Cependant, le capitaine, dont j'avais remarqué la poitrine et les poches étonnamment bourrées, en avait sorti une foule d'objets hétéroclites[2] : un pavillon britannique, une bible, un rouleau de corde assez forte, de quoi écrire, le livre de bord, et du tabac en quantité. Il avait trouvé dans l'enclos un pin de bonne taille, abattu et dépouillé, et, avec l'aide de Hunter, il l'avait érigé au coin de la maison, dans l'angle formé par l'entrecroisement des madriers[3].

Puis, grimpant sur le toit, il avait, de sa propre main, déployé et hissé le pavillon[4].

notes

1. céleste patrie : paradis.

2. hétéroclites : de toutes sortes.

3. madriers : poutres de bois.

4. pavillon : drapeau hissé sur le navire.

Ceci parut le réconforter beaucoup. Il rentra dans la maison et parut s'absorber tout entier dans l'inventaire des provisions. Mais il n'en jeta pas moins un coup d'œil sur le trépas de Redruth ; et, dès que tout fut fini, il s'approcha, muni d'un autre pavillon qu'il étendit pieusement sur le cadavre.

– Ne vous affectez pas[1], monsieur, dit-il au chevalier, en lui serrant la main. Tout va bien pour lui : il n'y a rien à craindre pour un matelot tué en faisant son devoir envers son capitaine et son armateur. Ce n'est peut-être pas correct comme théologie[2], mais c'est la réalité.

Puis il me tira à part :

– Docteur Livesey, dans combien de semaines attendez-vous la conserve, le chevalier et vous ?

Je lui exposai que ce n'était pas une question de semaines, mais bien de mois. Si nous n'étions pas de retour à la fin d'août, Blandly devait envoyer à notre recherche, mais ni plus tôt ni plus tard.

– Comptez vous-même, ajoutai-je.

Le capitaine se gratta la tête.

– Eh bien ! monsieur, reprit-il, tout en faisant une large part aux bienfaits de la Providence, je peux dire que nous avons couru au plus près[3].

– Que voulez-vous dire ? demandai-je.

– Que c'est malheur, monsieur, d'avoir perdu cette seconde cargaison. Voilà ce que je veux dire. Quant aux munitions, cela peut aller. Mais les vivres sont insuffisants, fort insuffisants... si insuffisants, docteur Livesey, que peut-être sommes-nous aussi bien sans cette bouche en plus.

notes

1. ne vous affectez pas : ne soyez pas triste.

2. pas correct comme théologie : pas conforme à la tradition religieuse.

3. nous avons couru au plus près : nous sommes allés au plus vite.

Et il désigna le corps étendu sous le pavillon.

À la même minute, avec un ronflement strident, un boulet passa dans les hauteurs, par-dessus le toit de la maison, et alla tomber bien au-delà, dans le bois.

– Ho, ho ! dit le capitaine. Feu roulant ! Vous n'avez déjà pas trop de poudre, les gars !

Le second coup fut mieux pointé et le boulet s'abattit à l'intérieur de l'enclos, en soulevant un nuage de sable, mais sans causer d'autre dégât.

– Capitaine, dit le chevalier, le fortin est complètement invisible du navire. Ce doit être sur le pavillon qu'ils visent. Ne serait-il pas plus sage de le rentrer ?

– Amener mon pavillon ![1] s'écria le capitaine. Non, monsieur, jamais !

Et à peine eut-il dit ces mots que nous l'approuvâmes tous. Car ce n'était pas là simplement la saillie[2] vigoureuse d'un vrai marin ; c'était, en outre, une mesure de bonne politique, et qui prouvait à nos ennemis que nous méprisions leur canonnade.

Pendant toute la soirée, ils continuèrent à nous bombarder. L'un après l'autre, les boulets nous passaient par-dessus la tête, ou tombaient court, ou faisaient voler le sable de l'enclos ; mais le tir était si plongeant que le projectile arrivait sans force et s'enterrait dans le sable mou. On n'avait à craindre nul ricochet. Un boulet, il est vrai, pénétra par le toit dans la maison de rondins et s'engouffra au travers du plancher ; mais nous nous habituâmes vite à cette sorte de jeu brutal, qui ne nous émouvait pas plus que le cricket[3].

notes

1. amener mon pavillon ! : descendre mon drapeau !

2. saillie : bonne remarque spirituelle.

3. cricket : jeu de balles anglais qui utilise des battes de bois.

– Il y a une bonne chose dans tout ceci, nous fit remarquer le capitaine : c'est qu'il n'y a sans doute personne dans le bois devant nous. La marée baisse depuis un bon moment, et nos provisions doivent être à découvert. Des volontaires pour aller nous chercher du lard !

Gray et Hunter furent les premiers à s'offrir. Bien armés, ils s'élancèrent hors de la palanque ; mais leur mission fut vaine. Les mutins étaient plus hardis[1] que nous l'imaginions, ou ils avaient plus de confiance que nous dans le pointage[2] d'Israël, car il y en avait déjà quatre ou cinq occupés à enlever nos provisions. Ils les transportaient à gué dans l'une des yoles qui était là tout près et que des coups d'aviron espacés maintenaient en place contre le courant. Silver, installé à l'arrière, commandait ses hommes, qui étaient maintenant tous pourvus de mousquets provenant de quelque cachette à eux.

Le capitaine s'assit devant son journal de bord et y inscrivit ce qui suit :

« Alexandre Smollett, capitaine ; David Livesey, médecin du bord ; Abraham Gray, charpentier en second ; John Trelawney, armateur ; John Hunter et Richard Joyce, valets de l'armateur, terriens – les seuls qui soient restés fidèles de tout l'équipage du navire – munis de vivres pour dix jours à demi-ration, ont abordé ce jourd'hui[3] et déployé le pavillon britannique sur la maison de rondins de l'île au trésor. Thomas Redruth, valet de l'armateur, terrien, tué par les révoltés ; James Hawkins, garçon de cabine... »

Et, tandis qu'il écrivait, je m'interrogeais sur le sort du pauvre Jim Hawkins.

notes

1. ***hardis*** **:** audacieux.

2. ***pointage*** **:** ajustement du tir.

3. ***ce jourd'hui*** **:** aujourd'hui.

Un appel s'éleva du côté de la terre.

– Quelqu'un nous hèle[1], dit Hunter, qui était de garde.

– Docteur ! chevalier ! capitaine ! hallo[2] ! Hunter, c'est vous ? criait-on.

Et je courus à la porte, assez tôt pour voir Jim Hawkins, sain et sauf, qui escaladait le retranchement.

Chapitre 19 Jim Hawkins reprend son récit : la garnison de la palanque

En apercevant le pavillon, Ben Gunn fit halte, me retint par le bras et s'assit.

– À présent, dit-il, ce sont tes amis, pour sûr.

– Il est plus probable que ce sont les mutins, répondis-je.

– Avec ça ? insista-t-il. Allons donc ! dans un lieu comme celui-ci où il ne vient que des gentilshommes de fortune, le pavillon que déploierait Silver, c'est le Jolly Roger[3], il n'y a pas de doute là-dessus. Non, ce sont tes amis. Il y a eu bataille, du reste, et je suppose que tes amis ont eu le dessus, et les voici à terre dans ce vieux fortin construit par Flint il y a des années et des années. Ah ! il en avait une caboche[4], ce Flint ! Rhum à part, on n'a jamais vu son pareil. Il n'eut jamais peur de personne, sauf de Silver... Oui, Silver avait cet honneur.

– Bien, dis-je, c'est possible et je vous crois ; mais raison de plus pour que je me dépêche de rejoindre mes amis.

– Nenni, camarade, répondit Ben, pas du tout. Tu es un bon gars, si je ne m'abuse, mais tu n'es qu'un gamin pour

notes

1. *nous hèle* : nous appelle.
2. *hallo* : holà.
3. *Jolly Roger* : drapeau noir des pirates.
4. *caboche* : tête dure.

finir. Or, Ben Gunn est renseigné. Même pour du rhum, on ne me ferait pas aller là où tu vas. Non, pas pour du rhum... jusqu'à ce que j'aie vu ton gentilhomme de naissance et reçu sa parole d'honneur. Et n'oublie pas mes paroles : « Un riche coup (voilà ce que tu diras), un riche coup plus de confiance... » et puis tu le pinces.

Et il me pinça pour la troisième fois avec le même air entendu.

– Et quand on aura besoin de Ben Gunn, tu sauras où le trouver, Jim. Là même où tu l'as trouvé aujourd'hui. Et que celui qui viendra porte quelque chose de blanc à la main, et qu'il vienne seul... ah ! et puis tu diras ceci : « Ben Gunn, que tu diras, a ses raisons à lui. »

– Bien, répliquai-je, il me semble que je comprends. Vous avez une proposition à faire, et vous désirez voir le chevalier ou le docteur ; et on vous trouvera où je vous ai trouvé. Est-ce tout ?

– Et à quel moment, dis ? ajouta-t-il. Eh bien, mettons entre midi et trois heures environ.

– Bon. Et maintenant puis-je m'en aller ?

– Tu n'oublieras pas ? demanda-t-il inquiètement[1]. « Un riche coup » et « des raisons à lui », que tu diras. Des raisons à lui, voilà le principal ! je te le dis en confidence. Eh bien donc (et il me tenait toujours), je pense que tu peux aller, Jim. Et puis, Jim, si par hasard tu vois Silver, tu n'iras pas vendre Ben Gunn ? On ne te tirera pas les vers du nez ? À aucun prix, dis ? Et si ces pirates campent à terre, Jim, que diras-tu s'il y a des veuves au matin ?

suite p. 106

note

1. inquiètement : avec inquiétude.

Au fil du texte

Questions sur le chapitre 18 (pages 96 à 102)

style direct : **il rapporte les paroles d'un personnage telles qu'elles ont été formulées. Elles sont introduites par un verbe déclaratif : dire, répondre, s'exclamer, affirmer… Elles sont signalées par des tirets qui marquent le changement d'interlocuteur ou des guillemets qui encadrent les paroles. Exemple : « J'ai faim. »**

style indirect : **il s'insère dans un récit. Les verbes déclaratifs sont suivis par des propositions complétives introduites par « que ». Les pronoms et les temps des verbes changent. Les tirets et les guillemets disparaissent. Exemple : Il dit qu'il a faim.**

Que s'est-il passé entre-temps ?

1. Au chapitre 16, le narrateur change. Qui raconte l'histoire à la suite de Jim ?

2. Qu'est-ce qui, selon vous, justifie cette modification ?

3. Où s'installent le docteur et ses amis ?

4. Quel est l'intérêt de cet endroit ?

5. Qu'est-il apporté de l'*Hispaniola* ?

6. À quels dangers s'exposent les aventuriers ?

Avez-vous bien lu ?

7. Quels personnages s'affrontent au cours de ce premier jour de combat ?

8. Quelles armes sont utilisées ?

9. Qui a été victime de ces affrontements ?

10. Qui rejoint le docteur dans la palanque après les escarmouches ?

Étudier les paroles des personnages

11. Relevez les éléments qui montrent que les paroles des personnages sont rapportées au style direct* dans les lignes 232 à 241.

12. Relevez un élément de phrase au style indirect* dans les lignes 242 à 245.

13. Réécrivez-le au style direct et précisez ce qui change.

14. Relevez, dans les lignes 230 à 245, les verbes qui introduisent les paroles.

15. Citez-en d'autres que vous connaissez.

ÉTUDIER LE JOURNAL DU CAPITAINE (L. 329 À 337)

16. Quelles informations consigne le capitaine dans son journal de bord ?

17. Quelle peut être l'utilité d'un tel journal ?

18. Terminez la phrase inachevée (l. 337).

ÉTUDIER LA PLACE DE L'EXTRAIT DANS L'ŒUVRE

19. La situation du docteur et de ses amis, dans le fortin, ne semble pas très bonne. Énumérez les avantages et les inconvénients de cette situation.

À VOS PLUMES !

20. Imaginez un dialogue au style direct entre le docteur et le capitaine au sujet de leurs inquiétudes relatives à l'absence de Jim. Vous utiliserez des verbes qui introduisent des paroles et vous insérerez un ou deux passages au style indirect.

21. À la manière du capitaine, rédigez un journal de bord relatant l'une de vos dernières journées.

Il fut interrompu par une détonation violente et un boulet de canon arriva, fracassant les branches, et alla s'enfoncer dans le sable, à moins de cinquante toises de l'endroit où nous étions arrêtés à causer. À l'instant, nous prîmes la fuite à toutes jambes, chacun de notre côté.

Durant une heure, l'île trembla sous les détonations répétées, et les boulets ne cessèrent de ravager les bois. Je passais d'une cachette à l'autre, toujours poursuivi, ou du moins je me l'imaginais, par ces terrifiants projectiles. Mais, vers la fin du bombardement, sans oser encore m'aventurer du côté du fortin où tombaient la plupart des boulets, j'avais retrouvé mon courage ; et, après un long circuit dans l'est, je descendis au rivage en me glissant parmi les arbres.

Le soleil venait de se coucher, la brise de mer se levait, agitant les ramures et la surface terne du mouillage ; la marée, par ailleurs, était presque basse et découvrait de larges bancs de sable ; le vent, après l'ardeur du jour, me faisait frissonner sous ma vareuse.

L'*Hispaniola* était toujours ancrée à la même place ; mais le Jolly Roger se déployait à son mât. Tandis que je la considérais, je vis jaillir un nouvel éclair de feu, une autre détonation réveilla les échos et un boulet de plus déchira les airs. Ce fut la fin de la canonnade.

Je restai quelque temps à écouter le hourvari[1] qui succédait à l'attaque. Sur le rivage voisin de la palanque, on démolissait quelque chose à coups de hache : notre infortuné petit canot, comme je l'appris par la suite. Plus loin, vers l'embouchure de la rivière, un grand brasier flamboyait parmi les arbres, et, entre ce point et le navire, une yole faisait la navette. Tout en maniant l'aviron, les hommes que j'avais vus

note

1. hourvari : vacarme.

si renfrognés[1] chantaient comme des enfants. Mais, à l'intonation de leurs voix, on comprenait qu'ils avaient bu.

À la fin, je crus pouvoir regagner la palanque. Je me trouvais assez loin sur la langue de terre basse et sablonneuse qui ferme le mouillage à l'est et se relie dès la mi-marée à l'îlot du Squelette. En me mettant debout, je découvris, un peu plus loin sur la langue de terre et s'élevant d'entre les buissons bas, une roche isolée, assez haute et d'une blancheur particulière. Je m'avisai que ce devait être la roche blanche à propos de laquelle Ben Gunn m'avait dit que, si un jour ou l'autre on avait besoin d'un canot, je saurais où le trouver.

Puis, longeant les bois, j'atteignis enfin les derrières de la palanque, du côté du rivage, et fus bientôt chaleureusement accueilli par le parti fidèle.

[…]

J'étais mort de fatigue, comme on peut le croire ; et lorsque j'allai me coucher, ce qui arriva seulement après encore beaucoup de va-et-vient, je dormis comme une souche.

Les autres étaient levés depuis longtemps, avaient déjà déjeuné et augmenté de près de moitié la pile de bois à brûler, quand je fus réveillé par une alerte et un bruit de voix.

– Un parlementaire[2], entendis-je prononcer.

Puis, tout aussitôt, avec une exclamation d'étonnement :

– Silver en personne !

Je me levai d'un bond et, me frottant les yeux, courus à une meurtrière.

notes

1. renfrognés : tristes et de mauvaise humeur.

2. parlementaire : négociateur.

Chapitre 20 L'ambassade de Silver

En effet, juste au-delà du retranchement, il y avait deux hommes : l'un agitait une étoffe blanche, l'autre, rien moins que Silver lui-même, se tenait paisiblement à son côté.

Il était encore très tôt, et il faisait, ce matin-là, plus froid que je ne l'ai jamais éprouvé dans ce voyage. On frissonnait, transi jusqu'aux moelles. Le ciel s'étalait clair et sans nuage, et le soleil rosissait les cimes des arbres. Mais l'endroit où se trouvait Silver et son acolyte[1] était encore dans l'ombre, et ils enfonçaient jusqu'aux genoux dans un brouillard épais et blanc qui était monté du marigot pendant la nuit. Ce froid et ce brouillard, pris ensemble, donnaient de l'île une piètre opinion[2]. C'était évidemment un endroit humide, fiévreux et malsain.

– Restez à l'intérieur, mes amis, ordonna le capitaine. Dix contre un que c'est une ruse !

Puis, hélant le flibustier :

– Qui vive ?[3] Halte-là, ou l'on fait feu !

– Pavillon parlementaire ! cria Silver.

Le capitaine était sous le vestibule, se défilant soigneusement, par crainte d'une balle tirée en traîtrise. Il s'adressa à nous :

– La bordée du docteur, à veiller ! Docteur Livesey, prenez le côté nord, s'il vous plaît ; Jim, l'est ; Gray, l'ouest. L'autre bordée, tout le monde à charger les mousquets. Vivement[4], les hommes, et méfiez-vous.

notes

1. ***acolyte :*** complice.

2. ***piètre opinion :*** opinion défavorable.

3. ***qui vive ? :*** qui va là ?

4. ***vivement :*** rapidement.

Puis, derechef aux mutins :

– Et qu'est-ce que vous voulez, avec votre pavillon parlementaire ?

Cette fois, ce fut l'autre individu qui répondit :

– C'est le capitaine Silver, monsieur, qui vient vous faire des propositions.

– Le capitaine Silver ? Connais pas ! Qui est-ce ? s'écria le capitaine.

Et nous l'entendîmes ajouter à part lui : « Capitaine ? ah bah ! Ma parole, en voilà de l'avancement ! »

Long John répliqua lui-même :

– C'est moi, monsieur. Ces pauvres gars m'ont choisi comme capitaine, monsieur, après votre désertion. (Et il appuya fortement sur le mot.) Nous sommes prêts à nous soumettre sans barguigner[1], si nous pouvons en venir à un accord avec vous. Tout ce que je vous demande, capitaine Smollett, c'est votre parole de me laisser sortir sain et sauf de cette palanque et de me donner une minute pour me mettre hors de portée avant d'ouvrir le feu.

– Mon garçon, dit le capitaine Smollett, je n'ai pas la moindre envie de causer avec vous. Si vous désirez me parler, vous pouvez venir, voilà tout. S'il y a quelque traîtrise, elle viendra de votre côté, et que le Seigneur vous en préserve.

– Cela me suffit, capitaine, lança gaiement Long John. Un mot de vous me suffit. Je sais reconnaître un galant homme[2], vous pouvez en être sûr.

Nous vîmes l'individu au drapeau blanc tenter de retenir Silver. Et cela se comprenait, vu la réponse cavalière faite par

notes

1. sans barguigner : sans marchander.

2. galant homme : homme de parole.

le capitaine. Mais Silver lui éclata de rire au nez et lui donna une claque dans le dos, comme s'il eût été absurde de s'alarmer. Puis il s'approcha de la palissade, jeta sa béquille par-dessus, lança une jambe en l'air et, à force de vigueur et d'adresse, réussit à escalader le retranchement et à retomber sans accident de l'autre côté.

Je dois avouer que j'étais beaucoup trop occupé de ce qui se passait pour être de la moindre utilité comme sentinelle. En effet, j'avais déjà abandonné ma meurtrière de l'est, pour me glisser derrière le capitaine. Il s'était assis sur le seuil, les coudes aux genoux, la tête entre les mains, et les yeux fixés sur l'eau qui gargouillait parmi le sable, au sortir du vieux chaudron de fer. Il sifflait entre ses dents : *Venez, filles et garçons.*

Silver eut une peine effroyable à parvenir au haut du monticule. Grâce à la raideur de la pente, aux multiples souches d'arbres et au sable mou, il était aussi empêtré avec sa béquille qu'un bateau par vent debout[1]. Mais il s'acharna muettement[2], comme un brave, et arriva enfin devant le capitaine qu'il salua de la plus noble façon. Il s'était paré de son mieux : un habit bleu démesuré, surchargé de boutons de cuivre, lui pendait jusqu'aux genoux, et un chapeau superbement galonné se campait sur son occiput[3].

– Vous voilà, mon garçon, lui dit le capitaine en relevant la tête. Je vous conseille de vous asseoir.

– N'allez-vous pas me laisser entrer, capitaine ? réclama Long John. Il fait bien froid ce matin, monsieur, pour s'asseoir dehors sur le sable.

notes

1. *vent debout* : le vent, soufflant face au bateau, l'empêche d'avancer.

2. *muettement* : sans dire un mot.

3. *occiput* : nuque.

– Eh ! Silver, répondit le capitaine, si vous aviez consenti à rester un honnête homme, vous seriez maintenant assis dans votre cuisine. C'est votre faute. Vous êtes ou bien le coq de mon navire – et vous n'aviez pas à vous plaindre – ou bien le capitaine Silver, un vulgaire mutin, un pirate, et dans ce cas, vous pouvez aller vous faire pendre !

– Bien, bien, capitaine, répondit le maître coq, en s'asseyant sur le sable comme on l'y invitait, vous me donnerez un coup de main pour me relever, voilà tout. Un bien joli endroit que vous avez choisi là. Tiens, voici Jim ! Je te souhaite bien le bonjour, Jim. Docteur, je vous présente mes respects. Allons, vous êtes tous réunis comme une heureuse famille, pour ainsi m'exprimer...

– Si vous avez quelque chose à dire, mon garçon, je vous conseille de parler, interrompit le capitaine.

– Vous avez raison, capitaine Smollett. Le devoir avant tout, pour sûr. Eh bien, dites donc, vous nous avez joué un bon tour la nuit dernière. Je ne le nie pas, c'était un bon tour. Certains d'entre vous sont joliment habiles à manier l'anspect[1]. Et je ne nie pas non plus que plusieurs de mes gens en ont été un peu ébranlés... voire tous l'ont été ; voire je l'ai été moi-même, et c'est peut-être pour cela que je suis venu ici offrir des conditions. Mais faites attention, capitaine, ça ne prendrait pas deux fois, cré tonnerre ! Nous allons monter la garde, et mollir d'un quart ou deux sur le chapitre du rhum[2]. Vous pensez peut-être que nous étions tous complètement gris[3]. Mais je puis vous affirmer que, moi, je

notes

1. anspect : levier de bois ferré à son extrémité qui permet de manœuvrer les canons et d'autres charges lourdes.

2. mollir d'un quart ou deux sur le chapitre du rhum : moins boire.

3. gris : ivres.

n'avais pas bu ; seulement, j'étais crevé de fatigue ; et si je m'étais réveillé une seconde plus tôt, je vous attrapais sur le fait. Il n'était pas mort quand je suis arrivé auprès de lui, non, pas encore.

– Après ? fit le capitaine Smollett, aussi impassible[1] que jamais.

Tout ce que Silver venait de lui dire était pour lui de l'hébreu, mais on ne l'aurait jamais cru à son intonation. Quant à moi, je commençais à deviner. Les derniers mots de Ben Gunn me revinrent à la mémoire. Je compris qu'il avait rendu visite aux flibustiers pendant qu'ils gisaient tous, ivres morts, autour de leur feu, et je me réjouis de calculer qu'il ne nous restait plus que quatorze ennemis à combattre.

– Eh bien, voici, dit Silver. Nous voulons ce trésor, et nous l'aurons : voilà notre point de vue. Vous désirez tout autant sauver vos existences, je suppose : voilà le vôtre. Vous avez une carte, pas vrai ?

– C'est bien possible, répliqua le capitaine.

– Oh ! si fait, vous en avez une, je le sais... Ce n'est pas la peine d'être si raide avec les gens, ceci n'a rien à voir avec le service, croyez-moi... Ce que je veux dire, c'est qu'il nous faut votre carte. Mais je ne vous veux pas de mal, pour ma part...

– Ça ne prend pas avec moi, mon garçon, interrompit le capitaine. Nous connaissons exactement vos intentions, et peu nous importe, car désormais, sachez-le, vous ne pouvez plus les réaliser.

Et, le regardant avec placidité[2], le capitaine se mit à bourrer une pipe.

notes

1. impassible : très calme.

2. avec placidité : imperturbable.

– Si Abraham Gray... commença Silver.

– Assez ! cria M. Smollett. Gray ne m'a rien raconté, et je ne lui ai rien demandé ; et, qui plus est, je préférerais vous voir, vous et lui et toute cette île, sauter en l'air et retomber en mille morceaux. Voilà ce que vous devez savoir, mon garçon, à ce sujet.

Cette petite bouffée d'humeur eut pour résultat de calmer Silver. Son début d'irritation tomba, et il se ressaisit :

– Ça se peut bien, dit-il. Je n'ai pas à déterminer ce que les gens comme il faut peuvent juger correct ou non, suivant le cas. Et puisque vous vous apprêtez à fumer une pipe, capitaine, je prendrai la liberté d'en faire autant.

Il bourra sa pipe et l'alluma. Pendant un bon moment, les deux hommes restèrent à fumer sans mot dire, tantôt se regardant comme des chiens de faïence, tantôt renforçant leur tabac, tantôt se penchant pour cracher. On se serait cru au spectacle.

– Maintenant, reprit Silver, voici. Vous nous donnez la carte pour nous permettre de trouver le trésor, et vous cessez de canarder[1] les pauvres matelots et de leur casser la tête pendant leur sommeil. Faites cela et nous vous donnons à choisir... Ou bien vous venez à bord avec nous, une fois le trésor embarqué, et alors je prends l'engagement, sur ma parole d'honneur, de vous déposer à terre quelque part, sains et saufs. Ou, si cela n'est pas de votre goût, vu que plusieurs de mes hommes sont un peu brutaux et ont de vieilles rancunes à cause des punitions, alors vous pouvez rester ici. Nous partagerons les provisions avec vous, à parts égales ; et je prends l'engagement, comme ci-devant, d'avertir le

note

1. ***canarder :*** faire feu.

premier bateau que je rencontrerai et de l'envoyer ici vous prendre. Voilà qui est parler, vous le reconnaîtrez. De meilleure proposition, vous ne pouviez pas en attendre, c'est impossible. Et j'espère (il éleva la voix) que tous les matelots présents dans ce blockhaus réfléchiront à mes paroles, car ce que je dis pour l'un, je le dis pour tous.

Le capitaine Smollett se leva de sa place, et, d'un coup sec sur la paume de sa main gauche, vida le culot de sa pipe[1].

– Est-ce tout ? demanda-t-il.

– C'est mon tout dernier mot, cré tonnerre ! répondit John. Refusez cela, et vous n'aurez plus de moi que des balles de mousquet.

– Très bien, dit le capitaine. À mon tour de parler. Si vous venez ici un par un, désarmés, je m'engage à vous flanquer tous aux fers, et à vous ramener en Angleterre où vous serez jugés dans les formes. Si vous refusez, sachez que je m'appelle Alexandre Smollett, que j'ai hissé les couleurs de mon souverain, et que je vous expédierai tous à maître Lucifer... Vous ne pouvez pas découvrir le trésor. Vous ne pouvez pas manœuvrer le navire... il n'est pas un homme parmi vous qui en soit capable. Vous ne pouvez pas nous combattre... Gray, que voilà, est venu à bout de cinq des vôtres. Votre navire est livré au vent, maître Silver ; vous êtes prêt à faire côte[2] et vous ne tarderez pas à vous en apercevoir. Je reste ici, je vous le déclare ; et c'est la dernière fois que je vous parle en ami car, j'en atteste le ciel, la prochaine fois que je vous rencontrerai, je vous logerai une balle dans le dos.

notes

1. *culot de sa pipe* : fond de sa pipe.

2. *vous êtes prêt à faire côte* : vous êtes prêt à vous échouer sur le rivage, à échouer (au sens figuré).

Ouste, mon garçon. Débarrassez-nous le plancher, je vous prie, un peu vite, et au trot.

Le visage de Silver était à peindre : de fureur, les yeux lui sortaient de la tête. Il secoua sa pipe encore en feu.

– Aidez-moi à me relever ! s'écria-t-il.

– Jamais de la vie, répliqua le capitaine.

– Qui va m'aider à me relever ? hurla-t-il.

Personne ne bougea. Poussant les plus affreuses imprécations[1], il se traîna sur le sable jusqu'à ce qu'il pût s'accrocher à la paroi du vestibule et se réinstaller sur sa béquille. Puis il cracha dans la source.

– Voilà, cria-t-il, voilà ce que je pense de vous. Avant que l'heure soit écoulée, je vous flamberai comme un bol de punch[2], dans votre vieux blockhaus. Riez, cré tonnerre ! riez ! avant que l'heure soit écoulée, vous rirez à l'envers. Ceux qui mourront seront les plus heureux.

Et avec un effroyable blasphème[3], il s'éloigna péniblement, labourant le sable mou ; puis, après quatre ou cinq tentatives infructueuses[4], il franchit la palissade avec l'aide de l'homme au pavillon blanc, et disparut entre les arbres.

notes

1. ***imprécations :*** menaces de malédictions.

2. ***punch :*** boisson composée de rhum, de sirop de canne et de jus de fruits.

3. ***blasphème :*** propos qui outrage la religion.

4. ***infructueuses :*** sans succès.

Chapitre 21 L'attaque

Dès que Silver eut disparu, le capitaine, qui n'avait cessé de le surveiller, se retourna vers l'intérieur de la maison et constata que, sauf Gray, personne n'était à son poste. Ce fut la première fois que nous le vîmes réellement en colère.

– À vos postes ! rugit-il. (Puis, quand nous eûmes regagné nos places :) Gray, je vous signalerai sur le journal de bord ; vous avez accompli votre devoir en vrai marin. Monsieur Trelawney, votre conduite m'étonne. Et vous, docteur, vous avez porté l'uniforme royal, je pense. Si c'est ainsi que vous serviez à Fontenoy, monsieur, vous auriez mieux fait ce jour-là de rester couché.

La bordée du docteur était retournée aux meurtrières ; les autres s'occupaient à charger les mousquets de réserve, mais chacun était rouge et avait l'oreille basse.

Le capitaine nous regarda une minute en silence. Puis il reprit la parole :

– Mes amis, j'ai envoyé une bordée à Silver. Je l'ai chauffé au rouge, à dessein[1]. Avant que l'heure soit écoulée, comme il dit, nous serons attaqués. Ils ont la supériorité du nombre, inutile de vous le dire, mais nous combattrons à couvert ; et, il y a une minute, j'aurais ajouté : avec discipline. Nous les rosserons[2], si vous le voulez, j'en suis persuadé.

Puis il fit sa ronde et vit, comme il disait, que tout était paré.

Sur les deux petits côtés du fortin, à l'est et à l'ouest, il n'y avait que deux meurtrières ; du côté sud, où se trouvait

notes

1. à dessein : volontairement.

2. nous les rosserons : nous les vaincrons.

l'entrée, deux également, et du côté nord, cinq. Nous disposions, pour nous sept, d'une vingtaine de mousquets. On avait entassé le bois à brûler en quatre piles, formant des tables, une vers le milieu de chaque côté, et, sur ces tables, se trouvaient disposés, à portée des défenseurs, des munitions avec quatre mousquets chargés. Au centre, s'alignaient les coutelas.

– Renversez le feu, dit le capitaine, le froid est passé et il ne nous faut pas de fumée dans les yeux.

La corbeille de fer fut emportée en bloc, au-dehors, par M. Trelawney qui dispersa les charbons dans le sable.

– Hawkins n'a pas eu à déjeuner. Hawkins, prenez votre portion, et retournez la manger à votre poste. Vivement donc, mon garçon : ce n'est pas l'heure de traîner. Hunter, distribue une tournée d'eau-de-vie à tout le monde.

Et, pendant que ces ordres s'exécutaient, le capitaine réglait dans sa tête le plan de défense.

– Docteur, vous occuperez la porte. Il faut que vous voyiez sans vous exposer : tirez par le vestibule, de l'intérieur. Hunter, prenez le côté est, oui, celui-là. Joyce, restez à l'ouest, mon garçon. Monsieur Trelawney, vous êtes le meilleur tireur : vous prendrez avec Gray le grand côté du nord, aux cinq meurtrières ; c'est là que se trouve le danger. S'ils parviennent jusque-là, et qu'ils tirent sur nous par nos propres sabords, ça commencera à sentir mauvais. Hawkins, vous ne valez guère plus que moi comme tireur : nous resterons là pour recharger et prêter main-forte[1].

Sur ces entrefaites, le froid était passé. Aussitôt qu'il eut dépassé notre enceinte d'arbres, le soleil dans sa force darda[2]

notes

1. prêter main forte : aider. ***2. darda :*** jeta ses rayons.

sur la clairière et but d'un trait les vapeurs. Bientôt le sable fut brûlant et la résine se liquéfia dans les troncs du blockhaus. On dépouilla vareuses et habits, on rabattit les cols des chemises, on retroussa les manches jusqu'aux épaules, et nous attendîmes là, chacun à son poste, enfiévrés par la chaleur et l'inquiétude.

Une heure s'écoula.

– Zut pour eux ! fit le capitaine. On s'assomme[1] ici plus que dans le pot au noir[2]. Gray, sifflez pour faire venir le vent.

Ce fut alors que se manifestèrent les premiers symptômes[3] de l'attaque.

– Pardon, monsieur, dit Joyce, si je vois quelqu'un, dois-je tirer dessus ?

– Je vous l'ai déjà dit ! s'impatienta le capitaine.

– Merci, monsieur, répliqua Joyce, avec la même politesse placide[4].

Il ne se produisit rien tout d'abord, mais la remarque nous avait tous mis en alerte. L'œil et l'oreille aux aguets, les mousquetaires soupesaient leurs fusils. Isolé au centre du blockhaus, le capitaine pinçait les lèvres d'un air soucieux.

Quelques secondes passèrent. Soudain, Joyce épaula et fit feu. La détonation roulait encore, que plusieurs autres lui répliquèrent en une décharge prolongée, par coups successifs venant à la file indienne, de tous les côtés de l'enclos. Plusieurs balles frappèrent la maison de rondins, mais pas une n'y pénétra. Quand la fumée se fut dissipée, la palanque et les bois d'alentour réapparurent, aussi tranquilles et déserts qu'auparavant. Pas une branche ne remuait, pas un canon de fusil ne luisait, qui eussent révélé la présence de nos ennemis.

notes

1. *on s'assomme* : on s'ennuie.

2. *pot au noir* : zone calme des mers de l'équateur où les tempêtes sont fréquentes.

3. *symptômes* : signes.

4. *placide* : calme.

– Avez-vous touché votre homme ? demanda le capitaine.

– Non, monsieur, répondit Joyce. Je ne crois pas, monsieur.

– Ça ressemble fort à la vérité, murmura le capitaine. Chargez son fusil, Hawkins. Combien pensez-vous qu'ils étaient de votre côté, docteur ?

– Je puis le dire exactement. On a tiré trois coups de ce côté. J'ai vu les trois éclairs... deux tout près l'un de l'autre, et un plus à l'ouest.

– Trois ! répliqua le capitaine. Et combien de votre côté, monsieur Trelawney ?

Mais la réponse fut moins aisée. Il en était venu beaucoup, du nord... sept au compte du chevalier, huit ou neuf suivant Gray. De l'est et de l'ouest : un seul coup. Il était donc évident que l'attaque viendrait du nord et que, sur les trois autres côtés, nous n'aurions à faire face qu'à un simulacre[1] d'hostilités. Mais le capitaine Smollett ne modifia en rien ses dispositions. Si les mutins, raisonnait-il, arrivaient à franchir la palanque, ils prendraient possession de toutes les meurtrières inoccupées et nous canarderaient comme des rats dans notre forteresse même.

D'ailleurs, on ne nous laissa guère le temps de réfléchir. Poussant un violent hourra, une minuscule nuée de pirates s'élança des bois, côté nord, et accourut droit à la palanque. En même temps, de derrière les arbres, la fusillade reprit, et un biscaïen[2], traversant l'entrée, fit voler en éclats le mousquet du docteur.

notes

1. simulacre : apparence.

2. biscaïen : projectile de fort calibre et de longue portée.

Telle une bande de singes, les assaillants surgirent au haut de la clôture. Le chevalier et Gray tirèrent coup sur coup : trois hommes tombèrent, l'un tête première dans le retranchement, deux à la renverse, au-dehors. Mais l'un de ceux-ci était évidemment plus effrayé que blessé car il se retrouva debout à la seconde et disparut aussitôt parmi les arbres.

Deux ennemis avaient mordu la poussière, un était en fuite, quatre avaient réussi à prendre pied dans nos retranchements ; et, à l'abri des bois, sept ou huit hommes, sans nul doute munis chacun de plusieurs mousquets, dirigeaient sur la maison de rondins un feu roulant mais inefficace.

Les quatre qui avaient pénétré coururent droit devant eux vers le fortin, en poussant des clameurs que les hommes cachés parmi le bois renforçaient par des cris d'encouragement. On tira plusieurs coups, mais avec une telle précipitation qu'aucun ne porta. En un instant, les quatre pirates avaient gravi le monticule : ils étaient sur nous.

La tête de Job Anderson, le maître d'équipage, apparut à la meurtrière du milieu.

– À eux, tout le monde... nous les avons ! hurla-t-il, d'une voix de tonnerre.

Au même moment, un autre pirate empoigna par le canon le mousquet de Hunter, le lui arracha des mains, l'attira par la meurtrière, et, d'un coup formidable, étendit sur le sol le pauvre garçon inanimé. Cependant, un troisième contourna la maison impunément[1], surgit soudain à l'entrée et se jeta, couteau levé, sur le docteur.

La situation était complètement retournée. Une minute plus tôt, nous tirions, abrités, sur un ennemi à découvert ;

note

1. impunément : sans dommage.

maintenant, c'était à notre tour de nous voir sans abri et incapables de riposte.

La maison de rondins était pleine de fumée, ce à quoi nous devions une sécurité relative. Des cris tumultueux, avec les détonations des coups de pistolet, et une plainte affreuse m'emplissaient les oreilles.

– Dehors, garçons, dehors, et combattons à l'air libre ! Les coutelas ! ordonna le capitaine.

J'empoignai un coutelas dans le tas, et quelqu'un qui en prenait un autre en même temps me fit sur les doigts une estafilade[1] que je sentis à peine. Je m'élançai hors de la porte, à la lumière du soleil. Quelqu'un, j'ignore qui, me suivit de près. Juste devant moi, au bas du monticule, le docteur repoussait un assaillant : à l'instant où je jetai les yeux sur lui, il rabattait la lame de son ennemi, et l'envoya rouler les quatre fers en l'air, une large entaille en travers du visage.

– Faites le tour de la maison, garçon, faites le tour ! lança le capitaine.

Et malgré le hourvari[2], je devinai à sa voix qu'il y avait du nouveau.

J'obéis machinalement, obliquai à l'est et, le couteau levé, contournai en hâte l'angle de la maison. Tout aussitôt je me trouvai face à face avec Anderson. Avec un grand hurlement, il leva en l'air sa hache, qui flamboya au soleil. Je n'eus pas le loisir d'avoir peur car, en un clin d'œil, avant que le coup ne retombât, j'avais fait un bond de côté et, manquant le pied[3] dans le sable mou, je roulais à bas de la pente, la tête la première.

Dès le premier instant où j'avais surgi de la porte, les autres mutins s'étaient déjà mis à escalader la palissade pour

notes

1. estafilade : entaille sur le visage.

2. hourvari : vacarme.

3. manquant le pied : trébuchant.

Suite à l'attaque du fortin par les pirates, le capitaine Smollett est blessé. Film de Victor Fleming (1934).

en finir avec nous. Un homme au bonnet rouge, le coutelas entre les dents, était même arrivé en haut et enjambait par-dessus. Or, entre ce moment-là et celui où je me retrouvai sur pied, il se passa si peu de temps que tous étaient encore dans la même posture : l'individu au bonnet rouge n'avait pas fini d'enjamber, et un autre montrait à peine sa tête par-dessus la rangée de pieux. Et néanmoins, dans ce court intervalle, le combat avait pris fin et la victoire était à nous.

Gray, qui me suivait de près, avait égorgé le gros maître d'équipage sans lui laisser le loisir de reprendre son équilibre. Un autre avait été frappé d'une balle comme il tirait dans la maison par une meurtrière, et agonisait[1], étendu sur le sol,

note

1. agonisait : était sur le point de mourir.

tenant encore son pistolet fumant. Le docteur, comme je l'ai dit, en avait dépêché[1] un troisième. Des quatre qui avaient escaladé la palissade, un seul restait indemne[2] : celui-ci, abandonnant son coutelas sur le champ de bataille, se hâtait de la repasser, talonné par la peur de la mort.

– Feu ! feu de la maison ! commanda le docteur. Et vous, garçons, retournez vous abriter !

Mais on ne l'entendit point : personne ne tira, et le dernier agresseur put s'échapper sans mal et disparut dans le bois comme les autres. En trois secondes, de toute la troupe des assaillants, il ne resta plus que les cinq hommes tombés, quatre à l'intérieur et un à l'extérieur de la palanque.

Le docteur, Gray et moi courûmes au plus vite nous mettre à l'abri. Les survivants auraient bientôt regagné l'endroit où ils avaient laissé leurs mousquets, et la fusillade pouvait reprendre d'un instant à l'autre.

Dans la maison, la fumée s'était un peu éclaircie et nous vîmes, d'un coup d'œil, à quel prix nous avions acheté la victoire. Hunter gisait, assommé, devant sa meurtrière ; Joyce, devant la sienne, une balle dans la tête, immobile à jamais ; tandis que, au centre de la pièce, le chevalier soutenait le capitaine, aussi pâle que lui-même.

– Le capitaine est blessé, nous dit M. Trelawney.

Se sont-ils enfuis ? demanda M. Smollett.

– Tous ceux qui l'ont pu, soyez-en sûr, répondit le docteur ; mais il y en a cinq qui ne courront plus jamais.

– Cinq ! s'écria le capitaine. Allons, il y a du progrès. Cinq à trois nous laisse quatre contre neuf. La proportion est meilleure qu'au début. Nous étions alors sept contre dix-neuf, ou du moins nous le pensions, ce qui ne vaut pas mieux.

notes

1. *dépêché* : expédié. **2. *indemne* :** intact.

L'attaque du fortin, bande dessinée d'Hugo Pratt, *L'Île au trésor*, 1988.

Au fil du texte

Questions sur le chapitre 21 (pages 116 à 123)

Que s'est-il passé entre-temps ?

1. Quel personnage reprend la narration au chapitre 19 ?

2. Que recommande Ben Gunn à Jim ?

3. À quel moment de la journée Jim rejoint-il le fortin ?

4. Silver se présente pour négocier : que propose-t-il ?

5. Quelle est la réponse du capitaine ?

Avez-vous bien lu ?

6. Comment le capitaine organise-t-il la défense du fortin ?

7. En quoi le rapport de force est-il inégal ?

8. Comment se termine l'attaque ?

9. Quel en est le bilan ?

Étudier l'impératif* (l. 695 à 714)

10. Relevez les verbes de ce passage conjugués à l'impératif.

11. Donnez leur infinitif.

12. Pourquoi le capitaine utilise-t-il l'impératif pour s'adresser à ses amis ?

13. Donnez d'autres situations, dans la vie quotidienne, qui permettent d'utiliser l'impératif.

Étudier l'ellipse*

14. Recopiez la phrase de la ligne 723.

15. Cette phrase est, dans un récit, une ellipse.

***impératif* :** il n'existe que trois personnes : chante, chantons, chantez. Il exprime un ordre : Reviens ! Terminaisons particulières : Va chez ton ami. Vas-y ! Parle-moi. Parles-en.

***ellipse* :** dans un texte, l'ellipse représente la suppression d'une partie du récit des événements pendant une durée plus ou moins longue : Exemples : Une semaine passa. Un siècle plus tard… Après trois jours…

Pourquoi l'auteur ne raconte-t-il pas ce qui s'est passé au cours de cette heure ?

16. Que peut-on imaginer ?

ÉTUDIER LE THÈME DE LA VIOLENCE (L. 768 À 850)

17. Relevez les mots ou expressions qui témoignent de la violence de l'action dans ce passage.

18. Qu'est-ce qui justifie cette violence ?

19. Pensez-vous que les scènes de violence soient indissociables des romans d'aventures ?

ÉTUDIER LA FONCTION DE L'EXTRAIT DANS L'ŒUVRE

20. La situation semble bloquée à l'issue de ce chapitre. Imaginez plusieurs suites possibles en faveur de l'un ou de l'autre camp.

LIRE L'IMAGE

Document page 124.

21. Montrez comment le mouvement vers l'avant des personnages est rendu par le dessin.

À VOS PLUMES !

22. Pour organiser un jeu ou mettre en place une stratégie collective dans le cadre d'un sport d'équipe, vous donnez, en qualité de capitaine, des ordres et des conseils à vos partenaires. Rédigez un texte pour en rendre compte. Vous utiliserez quelques verbes conjugués à l'impératif.

23. Rédigez un récit dans lequel vous insérerez une ou plusieurs ellipses.

Mon aventure en mer

Chapitre 24 *La croisière du coracle*

[Jim quitte ses amis en cachette afin de rejoindre l'*Hispaniola* à l'aide de la barque de Ben Gunn (le coracle). Épuisé par des manœuvres difficiles, Jim s'endort profondément dans cette embarcation légère.]

Il faisait grand jour lorsque je m'éveillai et me trouvai voguant à l'extrémité sud-ouest de l'île au trésor. Le soleil était levé, mais encore caché pour moi derrière la haute masse de la Longue-Vue qui, de ce côté, descendait presque jusqu'à la mer en falaises formidables.

La pointe Hisse-la-Bouline et le mont du Mât-d'Artimon étaient tout proches : la montagne grise et dénudée, la pointe ceinte de falaises de quarante à cinquante pieds de haut et bordée de gros blocs de rocher éboulés. J'étais à peine à un quart de mille au large, et ma première pensée fut de pagayer vers la terre et d'aborder.

Ce projet fut vite abandonné. Parmi les pierres tombées, le ressac écumait et grondait ; avec des chocs violents, les lourdes lames jaillissaient et s'écroulaient, se succédant de seconde en seconde ; et je prévis[1] que, si je m'aventurais plus près, je serais roulé[2] à mort sur cette côte sauvage ou m'épuiserais en vains efforts pour escalader les rocs surplombants.

Et ce n'était pas tout car, rampant de compagnie à la surface des tables rocheuses ou se laissant tomber dans la mer à grand bruit, j'aperçus d'énormes monstres limoneux[3] – des sortes de limaces, mais d'une grosseur démesurée – par deux ou trois douzaines à la fois, qui faisaient retentir les échos de leurs aboiements.

J'ai su depuis que c'étaient des lions de mer[4], entièrement inoffensifs. Mais leur aspect, joint à la difficulté du rivage et à la violence du ressac, était plus que suffisant pour me dégoûter d'atterrir là. Je trouvai préférable de mourir de faim en mer, plutôt que d'affronter semblables périls.

Cependant j'avais devant moi une meilleure chance, à ce que je croyais. Au nord du cap Hisse-la-Bouline, sur un espace considérable de côte, la marée basse découvre une longue bande de sable jaune. En outre, plus au nord, se présente encore un autre promontoire – le cap des Bois, d'après la carte – revêtu de grands pins verts qui descendaient jusqu'à la limite des flots.

Je me rappelai que le courant, au dire de Silver, portait au nord sur toute la côte ouest de l'île au trésor, et voyant, d'après ma position, que j'étais déjà sous son influence, je

notes

1. *je prévis* : je fis la prévision.

2. *je serais roulé* : je serais emporté par le roulis de la mer.

3. *limoneux* : visqueux.

4. *lions de mer* : variété d'otaries.

résolus de laisser derrière moi le cap Hisse-la-Bouline et de réserver mes forces pour tenter d'aborder sur le cap des Bois, de plus engageant aspect.

Il y avait sur la mer une longue et tranquille houle[1]. Le vent soufflait doucement et continûment du sud, sans nul antagonisme[2] entre le courant et lui, et les lames s'élevaient et s'abaissaient sans déferler.

En tout autre cas, j'eusse péri depuis longtemps ; mais, dans ces conditions, j'étais étonné de voir combien facile et sûre était la marche de ma petite et légère pirogue. Souvent, alors que je me tenais encore couché au fond et risquais seulement un œil par-dessus le plat-bord, je voyais une grosse éminence bleue se dresser, proche et menaçante ; mais le coracle ne faisait que bondir un peu, danser comme sur des ressorts, et s'enfonçait de l'autre côté dans le creux aussi légèrement qu'un oiseau.

Je ne tardai pas à m'enhardir[3] et je m'assis pour éprouver mon adresse à pagayer. Mais le plus petit changement dans la répartition du poids produisait de violentes perturbations dans l'allure du coracle. Et j'avais à peine fait un mouvement que le canot, abandonnant du coup son délicat balancement, se précipita d'emblée à bas d'une pente d'eau si abrupte qu'elle me donna le vertige, et alla dans un jet d'écume piquer du nez profondément dans le flanc de la lame suivante.

Tout trempé et terrifié, je me rejetai au plus vite dans ma position primitive, ce qui parut rendre aussitôt ses esprits au coracle, qui me mena parmi les lames aussi doucement qu'auparavant. Il était clair qu'il ne fallait pas le contrarier ;

notes

1. houle : mouvement ondulatoire de la mer.

2. antagonisme : conflit.

3. m'enhardir : oser, prendre de l'assurance.

mais, à cette allure, puisque je ne pouvais en aucune façon influer sur sa course, quel espoir avais-je d'atteindre la terre ?

Une peur atroce m'envahit mais, malgré tout, je gardai ma raison. D'abord, me mouvant[1] avec grande précaution, j'écopai[2] le coracle à l'aide de mon bonnet de marin, puis, jetant l'œil à nouveau par-dessus le plat-bord, je me mis à étudier comment faisait mon esquif[3] pour se glisser si tranquillement parmi les lames.

Je découvris que chaque vague, au lieu d'être cette éminence épaisse, lisse et luisante qu'elle paraît du rivage ou du pont d'un navire, était absolument pareille à une chaîne de montagnes terrestres, avec ses pics, ses plateaux et ses vallées. Le coracle, livré à lui-même, virant d'un bord sur l'autre, s'enfilait, pour ainsi dire, parmi les régions plus basses, et évitait les pentes escarpées et les points culminants de la vague.

« Allons, me dis-je, il est clair que je dois rester où je suis et ne pas déranger l'équilibre ; mais il est clair aussi que je puis passer la pagaie par-dessus bord, et, de temps à autre, dans les endroits unis, donner quelques coups vers la terre. » Sitôt pensé, sitôt réalisé. Je me mis sur les coudes et, dans cette position très gênante, donnai de temps à autre un ou deux coups pour orienter l'avant vers la terre.

C'était un travail harassant[4] et fastidieux[5]. Toutefois, je gagnais visiblement du terrain et, en approchant du cap des Bois, je vis qu'à la vérité je devais manquer infailliblement cette pointe, mais que cependant j'avais fait quelque cent brasses vers l'est. J'étais, en tout cas, fort près de terre. Je pouvais voir les cimes des arbres, vertes et fraîches, se balancer à

notes

1. me mouvant : me déplaçant.

2. j'écopai : je vidai l'eau du bateau.

3. esquif : petite embarcation.

4. harassant : très fatigant.

5. fastidieux : ennuyeux.

la fois sous la brise, et j'étais assuré de pouvoir aborder sans faute au promontoire suivant.

Il était grand temps, car la soif commençait à me tourmenter. L'éclat du soleil par en haut, sa réverbération[1] sur les ondes, l'eau de mer qui retombait et séchait sur moi, m'enduisant les lèvres de sel, se combinaient pour me parcheminer[2] la gorge et m'endolorir la tête. La vue des arbres si proches me rendit presque malade d'impatience ; mais le courant eut tôt fait de m'emporter au-delà de la pointe ; et, quand la nouvelle étendue de mer s'ouvrit devant moi, j'aperçus un objet qui changea la nature de mes soucis.

Droit devant moi, à moins d'un demi-mille, je vis l'*Hispaniola* sous voiles. Malgré ma certitude d'être pris, je souffrais si fort du manque d'eau que je ne savais plus si je devais me réjouir ou m'attrister de cette perspective. Mais, bien avant d'en être arrivé à une conclusion, la surprise me posséda entièrement, et je devins incapable de faire autre chose que de regarder et de m'ébahir[3].

L'*Hispaniola* était sous sa grand-voile et ses deux focs[4] : la belle toile blanche éclatait au soleil comme de la neige ou de l'argent. Quand je la vis tout d'abord, toutes ses voiles portaient : elle faisait route vers le nord-ouest ; et je présumai que les hommes qui la montaient faisaient le tour de l'île pour regagner le mouillage. Bientôt elle appuya de plus en plus à l'ouest, ce qui me fit croire qu'ils m'avaient aperçu et allaient me donner la chasse. Mais, à la fin, elle tomba en plein dans le lit du vent[5], fut repoussée en arrière et resta là un moment inerte, les voiles battantes.

notes

1. *réverbération* : reflet sur l'eau.

2. *me parcheminer* : me dessécher.

3. *m'ébahir* : me laisser stupéfait.

4. *foc* : petite voile triangulaire à l'avant d'un voilier.

5. *lit du vent* : direction d'où vient le vent.

« Les maladroits ! me dis-je, il faut qu'ils soient soûls comme des bourriques. » Et je m'imaginai comment le capitaine Smollett les aurait fait manœuvrer.

Cependant la goélette[1] abattit[2] peu à peu et, entreprenant une nouvelle bordée, vogua rapidement une minute ou deux, pour s'arrêter une fois encore en plein dans le lit du vent. Cela se renouvela à plusieurs reprises. De droite et de gauche, en long et en large, au nord, au sud, à l'est et à l'ouest, l'*Hispaniola* naviguait par à-coups zigzagants, et chaque répétition finissait comme elle avait débuté, avec des voiles battant paresseusement. Il devint clair pour moi que personne ne la gouvernait. Et, dans cette hypothèse, que faisaient les hommes ? Ou bien ils étaient ivres morts, ou ils avaient déserté, pensai-je ; et peut-être, si je pouvais arriver à bord, me serait-il possible de rendre le navire à son capitaine.

Le courant chassait vers le sud à une même vitesse le coracle et la goélette. Quant aux bordées de cette dernière, elles étaient si incohérentes et si passagères, et le navire s'arrêtait si longtemps entre chacune, qu'il ne gagnait certainement pas, si même il ne perdait. Il me suffirait d'oser m'asseoir et de pagayer pour le rattraper à coup sûr. Ce projet avait un aspect aventureux qui me séduisait, et le souvenir de la caisse à eau près du gaillard d'avant redoublait mon nouveau courage.

Je me dressai donc, fus accueilli presque aussitôt par un nuage d'embrun[3], mais, cette fois, je n'en démordis pas et me mis, de toutes mes forces et avec prudence, à pagayer à la poursuite de l'*Hispaniola* en dérive. Une fois, j'embarquai un si gros coup de mer que je dus m'arrêter pour écoper, le cœur palpitant comme celui d'un oiseau ; mais, peu à peu,

notes

1. goélette : navire à deux mâts.

2. abattit : changea de direction.

3. nuage d'embrun : nuage de gouttelettes d'eau de mer.

je trouvai la manière et guidai mon coracle parmi les vagues, sans plus de tracas que, de temps en temps, une gifle d'eau sur son avant et un jet d'écume dans ma figure.

À cette heure, je gagnais rapidement sur la goélette : je pouvais voir les cuivres briller sur la barre du gouvernail quand elle tapait de côté ; et cependant pas une âme ne se montrait sur le pont. Je ne pouvais plus douter qu'elle fût abandonnée. Ou sinon les hommes ronflaient en bas, ivres morts, et je pourrais sans doute les mettre hors d'état de nuire et disposer à ma guise du bâtiment.

Depuis un moment, l'*Hispaniola* se comportait aussi mal que possible, à mon point de vue. Elle avait le cap presque en plein sud, sans cesser, bien entendu, de faire tout le temps des embardées. Chaque fois qu'elle abattait, ses voiles se gonflaient en partie et l'emportaient de nouveau pour une minute, droit au vent. C'était là pour moi le pire, comme je l'ai dit, car, bien que livrée à elle-même dans cette situation, ses voiles battant avec un bruit de canon et ses poulies roulant et se cognant sur le pont, la goélette néanmoins continuait à s'éloigner de moi, et, à la vitesse du courant, elle ajoutait toute celle de sa dérive, qui était considérable.

Enfin, la chance me favorisa. Pour une minute, la brise tomba presque à rien, et le courant agissant par degrés, l'*Hispaniola* tourna lentement sur son axe et finit par me présenter sa poupe, avec la fenêtre grande ouverte de la cabine où la lampe brûlait encore sur la table malgré le plein jour. La grand-voile, inerte, pendait comme un drapeau. À part le courant, le navire restait immobile.

Pendant les quelques dernières minutes, ma distance s'était accrue, mais je redoublai d'efforts, et commençai une fois de plus à gagner sur le bâtiment chassé.

Je n'étais plus à cinquante brasses de lui quand une brusque bouffée de vent survint : le navire partit bâbord amures[1], et de nouveau s'en fut au loin, penché et rasant l'eau comme une hirondelle.

Ma première impulsion fut de désespérer, mais la seconde inclina vers la joie. La goélette évita[2], jusqu'à me présenter son travers... elle évita jusqu'à couvrir la moitié, puis les deux tiers, puis les trois quarts de la distance qui nous séparait. Les vagues bouillonnantes écumaient sous son étrave[3]. Vue d'en bas, dans mon coracle, elle me semblait démesurément haute.

Et alors, tout soudain, je me rendis compte du danger. Je n'eus pas le temps de réfléchir non plus que d'agir pour me sauver. J'étais sur le sommet d'une ondulation quand, dévalant de la plus voisine, la goélette fondit sur moi. Son beaupré[4] arriva au-dessus de ma tête. Je me levai d'un bond et m'élançai vers lui, envoyant le coracle sous l'eau. D'une main, je m'accrochai au bout-dehors de foc, tandis que mon pied se logeait entre la draille[5] et le bras[6], et j'étais encore cramponné là, tout pantelant[7], lorsqu'un choc sourd m'apprit que la goélette venait d'aborder et de broyer le coracle, et que je me trouvais jeté sur l'*Hispaniola* sans possibilité de retraite.

notes

1. le navire partit bâbord amures : le navire reçut le vent par bâbord.

2. la goélette évita : la goélette tourna autour de son ancre selon les vents et les courants.

3. étrave : partie avant de la quille.

4. beaupré : mât oblique ou horizontal.

5. draille : étai avant sur lequel la voile coulisse.

6. bras : cordage qui permet d'orienter la vergue.

7. tout pantelant : respirant avec difficulté.

Au fil du texte

Questions sur le chapitre 24 (pages 127 à 134)

Avez-vous bien lu ?

1. Que découvre Jim quand il se réveille dans le coracle ?

2. Pourquoi les lions de mer, pourtant inoffensifs, lui font-ils peur ?

3. Qu'est-ce qui favorise la navigation du coracle ?

4. Énumérez les difficultés que doit néanmoins surmonter Jim pour assurer une bonne navigation.

5. Qu'aperçoit-il soudainement ?

6. Pourquoi cette vision change-t-elle *« la nature de* [ses] *soucis »* (l. 107) ?

7. Comment se comporte l'*Hispaniola* sur l'eau ?

8. Quelles sont les hypothèses de Jim face au comportement du bateau ?

9. Résumez la façon dont Jim réussit à se hisser sur le bateau.

Étudier le vocabulaire de la navigation

10. Complétez la fiche commencée à la question 8 page 55 et poursuivie à la question 8 page 72.

Étudier les comparaisons* (l. 77 à 83)

11. À quoi Jim compare-t-il la vague ?

comparaison : **figure de style qui contient une image. Elle établit des relations de ressemblance entre des choses ou des êtres qui appartiennent à des domaines différents. Exemple : la mer comparée à la montagne. Pour analyser une comparaison, on peut se poser les questions suivantes : Qui est comparé ? Quel est le comparant ? Quel est le mot qui unit le comparé au comparant ? Quel est le point commun entre le comparé et le comparant ? Qu'apporte la comparaison à la compréhension du texte ?**

12. Quels sont les éléments qui permettent cette comparaison ?

13. Relevez les mots qui s'emploient habituellement quand on parle de montagne et qui sont ici utilisés pour décrire la vague.

14. En quoi s'agit-il d'une métaphore filée* ?

15. Relevez et expliquez les comparaisons aux lignes 116-117, 153, 180, 186 à 188.

métaphore filée :
elle utilise un champ lexical différent du sujet traité ; par exemple, emploi des termes de montagne pour décrire la vague.

ÉTUDIER LA PLACE DE L'EXTRAIT DANS L'ŒUVRE

16. Imaginez ce que Jim va découvrir sur le bateau.

17. Pourquoi doit-il rester prudent ?

À VOS PLUMES !

18. Rédigez la description d'un paysage (de mémoire ou à l'aide d'une image). Vous utiliserez quelques comparaisons afin d'apporter une touche pittoresque à votre texte.

Le capitaine Silver

Chapitre 31 — *La chasse au trésor : l'indicateur de Flint*

[Après s'être débarrassé de Hands et avoir amarré l'*Hispaniola* dans une crique, Jim retourne au fortin et tombe aux mains des pirates qui détiennent la carte de l'île. Il les accompagne à l'endroit où le trésor est supposé être enfoui.]

C'est en cet équipage et marchant à la file, que nous nous mîmes tous en route – même l'individu à la tête fêlée, qui eût certes mieux fait de se tenir tranquille – et gagnâmes le rivage, où nous attendaient les deux yoles. Elles aussi témoignaient de la folle ivrognerie des pirates : l'une avait un banc rompu, et toutes deux étaient boueuses et non écopées. Nous devions les emmener l'une et l'autre pour plus de sûreté. Ayant donc réparti notre effectif entre elles, nous nous avançâmes sur la transparence du mouillage.

Tout en ramant, on discutait au sujet de la carte : la croix rouge était bien entendu trop grande pour pouvoir servir de repère, et les termes de la note figurant au verso renfermaient, on va le voir, une certaine ambiguïté[1]. Comme le lecteur s'en souvient peut-être, elle était ainsi conçue :

« Grand arbre, contrefort de la Longue-Vue, point de direction NNE quart N.

Île du Squelette, ESE quart N.

Dix pieds. »

Ainsi donc, un grand arbre constituait le principal repère. Or, tout droit devant nous, le mouillage était dominé par un plateau de deux ou trois cents pieds d'élévation, qui, vers le nord, se raccordait par une pente au contrefort méridional de la Longue-Vue, et aboutissait, vers le sud, aux abruptes falaises formant l'éminence[2] dite du Mât-d'Artimon. Sur le plateau croissaient en foule des pins de hauteurs diverses. Par endroits, quelques pins d'une espèce particulière se dressaient isolément à quarante ou cinquante pieds au-dessus de leurs voisins ; mais, pour déterminer lequel de ceux-ci était bien le « grand arbre » du capitaine Flint, il fallait se trouver sur les lieux et consulter la boussole.

Malgré cela, les embarcations n'étaient pas arrivées à moitié route que chacun de ceux qui les montaient avait son favori. Le seul Long John haussait les épaules et leur conseillait d'attendre qu'on fût là-haut.

On nageait[3] mollement, par ordre de Silver, qui craignait de fatiguer ses hommes trop tôt ; et, après une fort longue traversée, on aborda à l'embouchure de la seconde rivière, celle qui dévale de la Longue-Vue par une ravine boisée. Ce

notes

1. ambiguïté : incertitude.

2. éminence : élévation du terrain.

3. on nageait : on voguait.

fut de là qu'en appuyant sur la gauche nous entreprîmes l'ascension de la pente qui menait au plateau.

Tout d'abord, le terrain gras et fangeux[1], et le fouillis des herbes marécageuses, entravèrent fortement nos progrès ; mais, peu à peu, la montagne devint plus abrupte et offrit à notre marche un sol rocailleux, tandis que le bois, changeant de caractère, nous offrait plus d'espace libre. C'était en vérité un coin de l'île des plus plaisants, que celui où nous pénétrions. Un genêt au parfum entêtant et divers arbustes en fleur y remplaçaient le gazon. Parmi les verts bouquets de muscadiers, des pins mettaient çà et là leurs fûts rougeâtres et leurs vastes ombrages, et le relent épicé des premiers se combinait à l'odeur aromatique des seconds. L'air, d'ailleurs, était vif et frais, ce qui, sous les rais d'un soleil vertical, nous était d'un merveilleux réconfort.

Avec des cris et des bonds, la troupe s'éparpilla en éventail. Vers le centre, et assez loin en arrière, Silver et moi suivions les autres – moi tenu par ma longe[2], lui labourant à grands ahans[3] les cailloux roulants. De temps à autre, même, je dus lui prêter mon aide pour l'empêcher de faire un faux pas et de redégringoler la pente.

Nous parcourûmes de la sorte environ un demi-mille, et nous allions atteindre le niveau du plateau lorsque l'individu le plus éloigné sur la gauche se mit à pousser des exclamations d'horreur, en hélant ses compagnons qui coururent à lui.

– Ce n'est pas possible qu'il ait trouvé le trésor, nous cria le vieux Morgan, qui arrivait de la droite, puisque le trésor est tout en haut.

notes

1. fangeux : boueux.

2. ma longe : ma « laisse ».

3. à grands ahans : avec beaucoup d'efforts.

En effet, comme nous le découvrîmes une fois sur les lieux, il s'agissait de bien autre chose. Au pied d'un fort gros pin, et à demi caché par un buisson vert, qui avait même à demi soulevé plusieurs des petits os, un squelette humain gisait sur le sol, avec quelques lambeaux de vêtements. Un frisson glaça d'abord tous les cœurs.

Plus hardi que les autres, George Merry s'avança pour examiner les restes de vêtements.

– C'était un homme de mer, déclara-t-il. En tout cas, ceci est bel et bien du drap de marin.

– Bon, bon, fit Silver, il y a des chances ; tu ne t'attendais pas à trouver ici un évêque, je suppose. Mais qu'est-ce que ça veut dire, des os ainsi disposés ? Ce n'est pas naturel.

En effet, au second coup d'œil, on ne pouvait réellement croire que le corps fût dans une position naturelle. À part un léger désordre – dû sans doute aux oiseaux qui s'étaient nourris du cadavre, ou à la lente croissance des plantes qui avaient peu à peu enseveli ses restes – l'homme gisait en une position parfaitement rectiligne, les pieds orientés dans un sens, et les bras, allongés au-dessus de la tête comme ceux d'un plongeur, dans l'autre.

– Il me vient une idée dans ma vieille caboche, fit observer Silver. Voici le compas[1] ; voilà le point culminant de l'îlot du Squelette, qui a l'air d'une dent. Prenez donc le relèvement, voulez-vous, sur l'alignement de ces os.

On lui obéit. Le corps était orienté juste dans la direction de l'îlot, et le compas donnait bien ESE quart E.

– J'en étais sûr, triompha le coq ; ceci est un indicateur.

note

1. compas : boussole du navire.

Par là, tout droit, se trouvent et notre étoile polaire et la belle galette. Mais, cré tonnerre ! ça me fait froid dans le dos de penser à Flint. Car c'est là une blague de lui, il n'y a pas d'erreur. Je le vois ici tout seul avec les six. Il les tue tous jusqu'au dernier, et celui-ci, il l'installe ici, orienté à la boussole, mort de ma vie !... C'est le squelette d'un homme grand, et qui avait des cheveux roux. Hé ! ça pourrait bien être Allardyce. Tu ne te souviens pas d'Allardyce, Tom Morgan ?

– Si, si, répondit Morgan, je me souviens de lui ; il me devait des sous, et en débarquant il m'a emporté mon couteau.

– En parlant de couteaux, dit un autre, pourquoi ne trouvons-nous pas le sien à terre ici autour ? Flint n'était pas homme à vider les poches d'un marin ; et les oiseaux, je suppose, ne l'ont pas emporté.

– Par tous les diables, voilà qui est vrai ! fit Silver.

– Il ne reste absolument rien, dit Merry, qui tâtait toujours le sol aux environs des os, pas plus un rouge liard qu'une tabatière. Ça ne me paraît pas naturel.

– Parbleu non, ça n'est pas naturel, renchérit Silver, pas plus que ça n'est gentil, certes. Tonnerre de Dieu ! les gars, si seulement Flint était là en vie, ça chaufferait pour vous et moi. Ils étaient six, tout comme nous, et il ne reste d'eux que des os.

– Je l'ai vu mort, de mes deux yeux, dit Morgan. Billy m'a fait entrer. Il était là couché, avec des pièces de deux sous sur les yeux.

– Mort, oui, bien sûr qu'il est mort et parti là-dessous, fit l'individu au bandage ; mais s'il y a des esprits qui reviennent, celui de Flint doit être du nombre. Car, miséricorde, il a eu une vilaine mort, Flint.

– Pour ça, oui, affirma un autre ; tantôt il délirait, tantôt il hurlait pour avoir du rhum, ou bien il chantait *Nous étions quinze...* C'était son unique chanson, camarades ; et je vous assure, je n'ai plus jamais beaucoup aimé l'entendre, depuis. Comme il faisait une chaleur formidable, le vasistas était ouvert, et j'entendais cette vieille chanson qui sortait nette et claire, tandis que la mort avait déjà le grappin sur lui.

– Allons, allons, amarre ton histoire[1], interrompit Silver. Il est mort et il ne reviendra pas, que je sache ; en tout cas, il ne reviendrait pas en plein jour, vous pouvez en être sûrs. Il n'y a pas de bile à se faire. En avant pour les doublons !

Nous partîmes ; mais, en dépit de l'ardent soleil et du jour éblouissant, les pirates cessèrent de courir à travers bois isolément et de se héler à pleins poumons : ils restaient côte à côte et parlaient à mi-voix. La terreur du flibustier mort s'était emparée de leurs esprits.

Jim Hawkins, dessin d'Hugo Pratt, *L'Île au trésor*, 1988.

note

1. amarre ton histoire : arrête ton histoire.

Chapitre 33 — *La chute d'un chef*

[Les pirates arrivent enfin à l'endroit où le trésor est supposé être enterré.]

On ne vit jamais dans ce monde pareille subversion[1]. Tous les six, les pirates semblaient frappés de la foudre. Mais Silver eut vite surmonté le coup. Tous les désirs de son âme s'étaient élancés vers cet argent, comme des chevaux de course, et, bien qu'arrêté en une seconde, net, il sut garder son sang-froid, recouvrer[2] son équilibre et modifier ses plans, avant que les autres eussent eu le loisir de bien comprendre leur désappointement[3].

– Jim, me glissa-t-il tout bas, prends ça, et gare là-dessous au grabuge[4].

Et il me passa un pistolet à deux coups.

Déjà il s'avançait tout doucement vers le nord, et quelques pas lui suffirent à placer le trou entre nous deux et les cinq autres. Puis il me regarda en hochant la tête, comme pour dire : « Nous voilà dans une sale passe », ce qui était bien mon avis.

Ses allures étaient maintenant tout à fait amicales et ces changements continuels me révoltaient au point que je ne pus m'empêcher de lui murmurer :

– Ainsi donc vous avez encore une fois changé de parti...

Il n'eut pas le temps de me répondre. Avec des cris et des

notes

1. subversion : changement profond.

2. recouvrer : retrouver.

3. désappointement : déception.

4. grabuge : bagarre.

blasphèmes, les forbans avaient sauté l'un après l'autre dans la fosse, où ils creusaient avec leurs mains, tout en rejetant les planches de côté. Morgan trouva une pièce d'or. Il la leva en l'air dans une vraie trombe de jurons. C'était une pièce de deux guinées : pendant un quart de minute elle passa de main en main.

– Deux guinées ! rugit Merry, en la brandissant vers Silver. Hein, les voilà, tes sept cent mille livres ! Tu t'y connais en fait de marchés, toi ! Tu dis que tu n'as jamais rien gâché, toi, espèce d'andouille, hé ! tête de bois !

– Creusez, garçons, dit Silver avec le plus froid cynisme : vous trouveriez des truffes que ça ne m'étonnerait pas.

– Des truffes ! répéta Merry avec un cri d'indignation. Vous l'entendez, les gars ! Je vous le dis, moi, cet homme-là savait tout. Regardez-le, c'est écrit sur sa figure.

– Hé, hé ! Merry, remarqua Silver, te voici encore candidat capitaine ? Tu es un garçon d'avenir, pour sûr.

Mais, cette fois, tous tenaient pour Merry. Ils se mirent à grimper hors de l'excavation[1], en décochant derrière eux des regards furibonds. Je notai une chose de bon augure pour nous : tous sortaient par le côté opposé à Silver.

Nous restions là, deux d'un côté et cinq de l'autre, avec la fosse entre nous, sans que personne trouvât le courage de porter le premier coup. Silver ne bronchait pas ; bien droit sur sa béquille, il les surveillait d'un air plus impassible que jamais. Indéniablement, il était brave.

À la fin, Merry jugea opportun de haranguer ses compagnons.

– Camarades, leur dit-il, en voilà deux devant nous, seuls.

note

1. excavation : trou.

L'un est le vieux stropiat[1] qui nous a tous amenés ici et nous a fait tomber dans ce pétrin ; l'autre est ce petit morveux dont je tiens à arracher le cœur. C'est l'instant, camarades...

Il éleva le bras en même temps que la voix. Mais, à la même minute, – pan ! pan ! pan ! – trois coups de mousquet jaillirent du fourré. Merry culbuta dans l'excavation la tête la première ; l'homme au bandage, frappé à mort, giroya comme un toton[2], s'abattit d'un bloc sur le flanc et y resta, agité d'une dernière convulsion ; les trois autres firent volte-face et déguerpirent à toutes jambes.

En un clin d'œil, Long John avait déchargé les deux coups d'un pistolet sur Merry qui se débattait dans son trou, et, comme le moribond[3] levait vers lui des yeux agonisants, il lui lança :

– George, il me semble que nous voilà quittes.

Cependant, le docteur, Gray et Ben Gunn, au poing leurs mousquets fumants, surgirent des muscadiers et s'approchèrent de nous.

– En avant, mes enfants ! cria le docteur. Et au trot. Il nous faut les empêcher d'atteindre les embarcations.

Et nous partîmes à grande vitesse, enfonçant parfois dans les buissons jusqu'à la poitrine.

Silver, je vous assure, tenait fort à rester avec nous. Le travail que cet homme accomplit, en bondissant sur sa béquille avec une force à faire éclater les muscles de sa poitrine, était un travail que n'égala jamais, de l'avis du docteur, aucun homme valide. Malgré cela, il était déjà de vingt toises en arrière et il n'en pouvait plus, lorsque nous atteignîmes le bord de la déclivité[4].

notes

1. vieux stropiat : vieil estropié.

2. giroya comme un toton : tourna comme une toupie.

3. moribond : qui est sur le point de mourir.

4. déclivité : pente.

– Docteur ! appela-t-il, regardez ! rien ne presse !

À coup sûr rien ne pressait. Là-bas, sur une partie plus dégagée du plateau, nous apercevions les trois survivants qui couraient toujours dans la même direction qu'au début, droit vers le mont du Mât-d'Artimon. Déjà nous étions entre eux et les canots. Aussi nous assîmes-nous tous quatre pour souffler, tandis que Long John, s'épongeant le visage, approchait lentement de nous.

– Mon cordial merci, docteur. Vous êtes arrivé à pic, il me semble, pour moi et pour Hawkins... Et c'est donc toi, Ben Gunn ! Eh bien, tu es gentil, il n'y a pas à dire.

– C'est moi, Ben Gunn, c'est bien moi, répondit le marron qui, dans son embarras, se tortillait comme une anguille. Et (ajouta-t-il après un silence prolongé) comment allez-vous, maître Silver ? Très bien, je vous remercie, n'est-ce pas ?

– Ben, Ben ! murmura Silver, dire que tu as causé ma perte !...

Le docteur envoya Ben Gunn rechercher une des pioches abandonnées par les mutins lors de leur fuite ; puis, tandis que nous dévalions sans hâte vers l'endroit où se trouvaient les canots, il raconta brièvement ce qui s'était passé. Cette histoire, dont Ben Gunn, le marron quasi imbécile, était le héros d'un bout à l'autre, intéressa profondément Silver.

Au cours de ses longues rôderies[1] sur l'île déserte, Ben avait découvert le squelette, et c'était lui qui l'avait dépouillé. Il avait découvert le trésor ; il l'avait déterré (c'était le manche brisé de sa pioche qui gisait dans l'excavation) ; il l'avait transporté sur son dos, en de nombreux et pénibles voyages, du pied du grand pin jusque dans la grotte qu'il occupait sur la montagne à deux sommets, à la pointe nord-

note

1. rôderies : allers et venues.

est de l'île, et c'est là que tout cet or était resté emmagasiné depuis deux mois avant l'arrivée de l'*Hispaniola*.

Le docteur lui extirpa ce secret dans l'après-midi de l'attaque. Le lendemain, voyant le mouillage désert, il alla trouver Silver, lui remit la carte, désormais inutile ; lui remit les provisions, car la grotte de Ben Gunn était bien approvisionnée de viande de chèvre salée par lui ; lui remit tout sans exception, pour obtenir de quitter librement la palanque et de se retirer sur la montagne à deux sommets, afin d'y être à l'abri de la malaria[1] et de veiller sur le trésor.

– Quant à vous, Jim, me dit-il, c'était bien à regret, mais j'ai agi au mieux de ceux qui étaient restés fidèles à leur devoir ; et si vous n'étiez pas du nombre, à qui la faute ?

Ce matin-là, en découvrant que je serais englobé dans l'affreuse déconvenue qu'il avait ménagée aux mutins, il avait couru tout d'une traite jusqu'à la grotte, laissant le capitaine sous la garde du chevalier et, prenant avec lui Gray et le marron, il avait traversé l'île en diagonale, pour aller s'embusquer auprès du pin. Mais il s'aperçut bientôt que notre troupe avait de l'avance sur lui. L'agile Ben Gunn fut expédié en éclaireur pour faire de son mieux à lui seul. C'est alors que Ben avait eu l'idée de mettre à profit les superstitions de ses ex-camarades. Il y réussit à un tel point que Gray et le docteur eurent le temps d'arriver et de s'embusquer avant la venue des chercheurs de trésor.

– Ah ! docteur, fit Silver, j'ai eu de la chance d'avoir Hawkins avec moi. Vous auriez laissé tailler en pièces le vieux John sans lui accorder une pensée.

– Pas une, répondit le médecin avec jovialité.

note

1. *malaria* : maladie tropicale.

Nous étions arrivés aux yoles. S'armant de la pioche, le docteur démolit l'une d'elles, et tout le monde s'embarqua dans l'autre, pour gagner par eau la baie du Nord.

C'était un trajet de huit à neuf milles. Silver, bien que déjà épuisé de fatigue, fut mis à un aviron, comme les autres, et nous glissâmes prestement sur une mer d'huile. Le goulet franchi, nous doublâmes la pointe sud-est de l'île, autour de laquelle nous avions, quatre jours plus tôt, remorqué l'*Hispaniola*.

En doublant la montagne à deux sommets, nous aperçûmes l'orifice obscur de la grotte de Ben Gunn, et auprès un personnage debout, appuyé sur son mousquet. C'était le chevalier. On agita un mouchoir, en poussant trois hourras auxquels Silver unit sa voix aussi vigoureusement qu'un autre.

Trois milles plus loin, à l'embouchure même de la baie du Nord, devinez ce que nous rencontrâmes !... L'*Hispaniola*, voguant à l'aventure. La dernière marée l'avait remise à flot, et y eût-il eu beaucoup de brise ou un fort jusant[1], comme dans le mouillage sud, nous ne l'aurions jamais revue, ou du moins elle se serait échouée sans remède. En réalité, à part la grand-voile en loques, il y avait peu de dégât. On para une autre ancre, et l'on mouilla par une brasse et demie de fond. Nous repartîmes à l'aviron jusqu'à la crique du Rhum, point le plus rapproché du trésor de Ben Gunn ; puis Gray s'en retourna seul avec la yole jusqu'à l'*Hispaniola*, où il devait passer la nuit à veiller.

Du rivage à l'entrée de la grotte, on accédait par une pente douce. Au haut de celle-ci le chevalier nous attendait.

note

1. fort jusant : reflux de la marée descendante.

La découverte du trésor. Film de Victor Fleming (1934).

Aimable et affectueux avec moi, il n'eut pour ma fugue pas un mot de reproche ni d'éloge. Aux salutations polies de Silver, il s'échauffa quelque peu.

– John Silver, lui dit-il, vous êtes une canaille et un fourbe sans nom... oui, un fourbe inouï. On m'a dissuadé de vous faire condamner. Je m'en abstiendrai donc. Mais les cadavres, monsieur, pèsent à votre cou telles des meules de moulin.

– Mon cordial merci, monsieur, répliqua John, en s'inclinant à nouveau.

– Je vous défends de me remercier, lança le chevalier, car c'est là un outrageux abandon de mes devoirs. Retirez-vous !

Nous pénétrâmes dans la grotte. Spacieuse et bien aérée, elle renfermait une petite source et une mare d'eau claire, où se miraient des fougères. Sur le sol de sable, devant un grand feu, reposait le capitaine Smollett ; et, dans le fond, où atteignaient à peine quelques reflets du foyer, j'entrevis d'énormes empilements de monnaies et des pyramides de lingots d'or. C'était là ce trésor de Flint que nous étions venus chercher si loin, et qui avait déjà coûté la vie à dix-sept hommes de l'*Hispaniola*. À quel prix l'avait-on amassé, combien de sang et de douleurs il y avait fallu, combien de beaux navires coulés à fond, combien de braves gens lancés à la mer, combien de coups de canon, combien de hontes, de mensonges et de forfaits, nul au monde n'eût pu le dire. Mais ils étaient encore trois sur cette île – Silver, le vieux Morgan et Ben Gunn – qui avaient chacun pris leur part de ces crimes, comme ils avaient eu le vain espoir de participer à la récompense.

– Entrez, Jim, me dit le capitaine. Vous êtes un bon garçon dans votre genre, Jim, mais je ne pense pas que nous naviguerons encore ensemble, vous et moi. Vous êtes, à mon goût, trop enfant gâté... C'est vous, John Silver ? Qu'est-ce qui vous amène ici, matelot ?

– Je rentre dans le devoir[1], monsieur, répondit John.

– Ah ! dit le capitaine.

Et il borna là ses commentaires.

Quel souper agréable je fis ce soir-là, entouré de tous mes amis ! Comme je goûtai ce repas, composé de viande de chèvre salée par Ben Gunn, avec quelques friandises et une bouteille de vin vieux provenant de l'*Hispaniola* ! Jamais on ne vit, j'en suis sûr, gens plus gais ni plus heureux. Et Silver était là, assis à l'écart, presque en dehors de la lumière du foyer, mais mangeant de bon appétit, prompt à s'élancer quand on désirait quelque chose, joignant même en sourdine[2] son rire aux nôtres... le même marin placide, poli, obséquieux[3] qu'il avait été durant tout le voyage.

suite p. 153

notes

1. *je rentre dans le devoir* : je redeviens honnête.

2. *en sourdine* : discrètement.

3. *obséquieux* : avec une politesse exagérée.

Au fil du texte

Questions sur le chapitre 33 (pages 143 à 150)

Que s'est-il passé entre-temps ?

1. Quels sont les repères qui permettent aux pirates de trouver l'itinéraire qui conduit au trésor ?

2. Que découvrent-ils au pied d'un pin ?

3. Qu'est-ce qui montre que Flint était un pirate particulièrement cruel ?

Avez-vous bien lu ?

4. Quelle est l'attitude des pirates au moment où ils arrivent au but ?

5. Comment réagissent-ils ?

6. Qui survient alors pour sauver Silver et Jim ?

7. Qui avait trouvé et caché le trésor ? En quel endroit ?

8. En quoi cette cachette était-elle judicieuse ?

Étudiez la fiction* et la narration* (l. 239 à 261)

9. Énumérez les principales actions dans l'ordre où elles apparaissent dans ce passage.

10. Ordonnez-les maintenant selon l'ordre chronologique.

11. Que constatez-vous ?

12. Quel est l'intérêt de ce retour en arrière* pour le lecteur ?

fiction : **histoire imaginée par l'auteur avec ses personnages, ses lieux, ses actions…**

narration : **manière dont l'histoire est racontée. Cette manière de raconter induit des choix :**
– mots,
– rythme,
– ordre des événements…
Le roman est la narration d'une fiction. Si plusieurs personnes racontaient une même histoire, la narration serait forcément différente d'un narrateur à l'autre.

retour en arrière, **ou flash back, ou encore analepse : narration d'événements antérieurs à ceux racontés.**

ÉTUDIER LE TEMPS DES VERBES

13. Quel est le temps dominant du passage situé de la ligne 245 à 253 ?

14. Pourquoi le passé simple a-t-il été provisoirement abandonné ?

15. Pouvez-vous en déduire la valeur modale du plus-que-parfait* ?

ÉTUDIER LA PLACE DE L'EXTRAIT DANS L'ŒUVRE

plus-que-parfait : **il exprime l'accompli et l'antériorité. Les actions rapportées au plus-que-parfait sont accomplies et ont eu lieu avant celles qui sont exprimées au passé simple ou à l'imparfait, d'où son utilisation dans les retours en arrière.**

16. Le trésor est enfin trouvé. Est-ce pour autant la fin du roman ? Justifiez votre réponse.

17. Quelles questions le lecteur peut-il encore se poser, notamment à propos des pirates survivants et de Silver ?

LIRE L'IMAGE

Document page 149.

18. Décrivez cette image en distinguant le premier plan, le deuxième plan et l'arrière-plan.

19. Comment est rendue l'abondance du trésor ?

20. Si vous deviez « coloriser » cette image, quelles seraient les couleurs dominantes que vous utiliseriez ?

À VOS PLUMES !

21. À votre tour, rédigez un récit dans lequel vous insérerez un retour en arrière. Vous écrivez une phrase introductrice à ce retour en arrière et vous utiliserez le plus-que-parfait.

Chapitre 34 et dernier

Le matin venu, on se mit au travail de bonne heure. Il s'agissait de faire parcourir à tout cet or, d'abord près d'un mille par terre jusqu'au rivage, et ensuite trois milles par mer jusqu'à l'*Hispaniola* ; c'était là une tâche considérable pour un si petit nombre de travailleurs. Les trois bandits qui erraient encore sur l'île ne nous troublaient guère : une simple sentinelle postée sur la hauteur suffisait à nous prémunir[1] contre une attaque soudaine, et nous pensions d'ailleurs qu'ils n'avaient plus aucune envie de se battre.

On se mit activement à la besogne. Gray et Ben Gunn faisaient la navette avec le canot, et les autres profitaient de leur absence pour entasser les richesses sur la plage. Deux lingots, noués aux deux bouts d'une corde, constituaient une bonne charge pour un adulte, et encore, il lui fallait marcher lentement. Quant à moi, étant de peu d'utilité pour le transport, on m'occupa toute la journée dans la grotte à emballer dans des sacs à pain les espèces monnayées.

Elles formaient une collection singulière, analogue à la réserve de Billy Bones pour la diversité des pièces, mais tellement plus abondante et variée que je crois n'avoir jamais eu plus de plaisir qu'à les assortir.

Pièces anglaises, françaises, espagnoles, portugaises, georges et louis, doublons, doubles guinées, moïdores et sequins, aux effigies de tous les rois d'Europe depuis un siècle, bizarres pièces orientales marquées de signes qu'on eût pris pour des pelotons de ficelle ou des fragments de toiles d'araignée, pièces rondes et pièces carrées, pièces avec

note

1. prémunir : protéger.

Dessin de George Roux, collection Hetzel, Paris, 1885.

un trou au milieu, comme des grains de collier, – presque toutes les variétés de monnaie du monde figuraient, je crois, dans cette collection ; et, quant à leur nombre, elles égalaient sûrement les feuilles d'automne, car j'en avais mal aux reins de me baisser, et mal aux doigts de les trier.

Ce travail dura plusieurs jours : chaque soir, une fortune se trouvait entassée à bord, mais une autre attendait son tour pour le lendemain ; et de tout ce temps-là les trois mutins ne donnèrent pas signe de vie.

À la fin – ce devait être le troisième soir –, je flânais avec le docteur sur la montagne à l'endroit où elle domine les basses terres de l'île lorsque, du fond des épaisses ténèbres, le vent nous apporta un son qui tenait du chant et du hurlement. Un seul lambeau en parvint à nos oreilles, et le silence primitif se rétablit.

– Le ciel leur pardonne ! dit le docteur ; ce sont les mutins.

– Et tous ivres, monsieur, prononça derrière nous la voix de Silver.

Silver, je dois le dire, jouissait d'une entière liberté, et, quoiqu'on le rabrouât[1] chaque jour, semblait se considérer de nouveau tout à fait comme un subalterne favorisé de privilèges et d'égards. Je m'étonnais de le voir supporter si bien ces mépris et s'efforcer avec son inlassable politesse de rentrer en grâce auprès de tous. Mais personne ne le traitait guère mieux qu'un chien ; sauf peut-être Ben Gunn, qui gardait toujours une peur affreuse de son ancien quartier-maître, ou encore moi-même, qui avais envers lui de réels motifs de gratitude, bien que sur ce point j'eusse des raisons

note

1. quoiqu'on le rabrouât : quoiqu'on le réprimandât.

de penser de lui plus de mal que n'importe qui, après l'avoir vu sur le plateau méditer une nouvelle traîtrise. En conséquence, ce fut d'un ton fort bourru que le docteur lui répliqua :

– Ivres ou dans le délire...

– Vous avez raison, monsieur, reprit Silver, et peu nous importe lequel des deux, à vous comme à moi.

Avec un ricanement le docteur repartit :

– Vous ne prétendez sans doute pas au titre d'homme humain, maître Silver ? Aussi mes sentiments vous surprendront peut-être. Mais, si j'étais certain qu'ils délirent – et je suis moralement sûr que l'un d'eux, au moins, est malade de la fièvre –, je quitterais ce camp et risquerais ma peau afin de leur porter les secours de mes lumières.

– Sauf votre respect, monsieur, vous auriez bien tort, déclara Silver. Vous y laisseriez votre précieuse vie, soyez-en sûr. Je suis de votre côté, à présent, nous sommes de mèche, et je ne désire pas voir notre parti diminué, surtout de votre personne, après ce que je vous dois. Non, ces hommes-là sont incapables de tenir leur parole, même à supposer qu'ils le veuillent ; et, de plus, ils ne croiraient pas que vous sauriez, vous, tenir la vôtre.

– Évidemment, fit le docteur, vous êtes, vous, celui qui tient sa parole, nous savons ça.

Ce furent à peu près les dernières nouvelles que nous eûmes des trois pirates. Une seule fois seulement nous entendîmes un coup de feu très lointain : ils chassaient probablement. On tint conseil et – à la jubilation de Ben Gunn, je regrette de le dire, et avec la pleine approbation[1] de

note

1. approbation : accord.

Gray – on décida de les abandonner sur l'île. Nous leur laissâmes de la poudre et des balles en bonne quantité, le plus gros de la chèvre salée, quelques médicaments et autres objets de nécessité, des outils, des vêtements, une voile de rechange, deux ou trois brasses de corde et, sur les instances du docteur, une jolie provision de tabac.

Il ne nous restait plus après cela qu'à quitter l'île. Déjà nous avions arrimé le trésor et embarqué de l'eau, avec le restant de la viande de chèvre, pour parer à toute éventualité. Finalement, un beau matin, on leva l'ancre – ce qui était presque au-dessus de nos forces – et sortîmes de la baie du Nord, sous le même pavillon que le capitaine avait hissé et défendu à la palanque.

Les trois hommes nous observaient de plus près que nous ne pensions, et nous en eûmes bientôt la preuve. Car, en sortant du goulet, il nous fallut côtoyer de très près la pointe sud, et ils étaient là tous trois, agenouillés l'un à côté de l'autre sur le sable et nous tendant des mains suppliantes. Nous avions tous le cœur serré, je pense, de les abandonner dans cette triste condition ; mais on ne pouvait risquer une nouvelle mutinerie ; et les ramener chez eux pour les envoyer à la potence eût été un genre de bonté plutôt cruel. Le docteur les héla et leur expliqua où ils trouveraient les provisions laissées pour eux. Mais ils ne cessaient de nous appeler par nos noms, nous suppliant pour l'amour de Dieu d'avoir pitié et de ne pas les abandonner à la mort en un tel lieu.

Enfin, voyant que le navire poursuivait sa course rapide et allait arriver hors de portée de la voix, l'un d'eux – j'ignore lequel – sauta sur ses pieds avec un cri sauvage, épaula vivement son mousquet, et une balle vint siffler par-dessus la tête de Silver et transpercer la grand-voile.

Après cela, nous nous tînmes à l'abri des bastingages[1] et, lorsque je regardai de nouveau, ils avaient disparu de la pointe qui déjà se perdait dans l'éloignement. C'en était du moins fini avec eux ; et, avant midi, à ma joie indicible[2], le plus haut sommet de l'île au trésor s'était enfoncé sous le cercle bleu de l'horizon marin.

Nous étions si à court d'hommes que tout le monde à bord devait travailler, à l'exception du capitaine qui donnait ses ordres couché à l'arrière sur un matelas ; car, malgré les progrès de sa guérison, il avait encore besoin de repos. Comme nous ne pouvions, sans un nouvel équipage, tenter le voyage de retour, nous mîmes le cap sur le port le plus prochain de l'Amérique espagnole. Quand nous y atteignîmes, après des vents contraires et quelques violentes brises, nous étions déjà tous à bout de forces.

Ce fut au coucher du soleil que nous jetâmes l'ancre au fond d'un très beau golfe abrité, où nous fûmes aussitôt entourés par des embarcations pleines de Nègres, d'Indiens du Mexique, de mulâtres[3], qui vendaient des fruits et des légumes ou offraient de plonger pour une pièce de monnaie. La vue de tant de visages épanouis – et en particulier des Noirs –, la saveur des fruits tropicaux et surtout les lumières qui s'allumaient dans la ville formaient un contraste enchanteur avec notre séjour sur l'île, sinistre et sanglant. Le docteur et le chevalier, me prenant avec eux, s'en allèrent passer la soirée à terre. Là, ils rencontrèrent le capitaine d'un vaisseau de guerre anglais, qui lia connaissance avec eux et les emmena à bord de son navire ; bref, le temps passa si

notes

1. bastingage : rambarde d'un navire qui fait le tour du pont.

2. indicible : inexprimable, indescriptible.

3. mulâtre : né d'un parent noir et l'autre blanc.

L'*Hispaniola*, bande dessinée d'Hugo Pratt, *L'Île au trésor*, 1988.

agréablement que le jour se levait lorsque nous accostâmes l'*Hispaniola*.

Ben Gunn était seul sur le pont et, en nous voyant monter à bord, il se mit à se tortiller fantastiquement et nous fit un aveu. Silver avait fui. Le marron l'avait aidé à s'échapper dans un canot quelques heures plus tôt et il nous assura qu'il l'avait fait uniquement pour sauvegarder nos existences qui eussent sans nul doute été compromises « si cet homme à une jambe était demeuré à bord ». Mais ce n'était pas tout. Le coq ne s'en allait pas les mains vides. Il avait subrepticement[1] percé une cloison et emporté un des sacs de monnaie, valant peut-être trois ou quatre cents guinées, pour subvenir à ses besoins ultérieurs.

Je crois bien que nous fûmes tous heureux d'être quittes de lui à si bon marché.

Enfin, pour abréger cette longue histoire, nous embarquâmes plusieurs matelots, fîmes un bon voyage, et M. Blandly s'apprêtait justement à armer[2] notre conserve quand l'*Hispaniola* rentra à Bristol. De tous ceux qui étaient partis avec elle, il ne restait plus que cinq hommes. « La boisson et le diable avaient expédié les autres », impitoyablement ; mais, à vrai dire, nous n'étions pas tout à fait aussi mal en point que le navire de la chanson :

Avec un seul survivant de tout l'équipage
Qui avait pris la mer au nombre de soixante-quinze.

Nous eûmes tous notre large part du trésor que chacun employa sagement ou follement selon sa nature. Le capitaine

notes

1. subrepticement : en cachette.

2. armer : équiper.

Smollett est aujourd'hui retiré de la navigation. Gray non seulement sut garder son argent mais, soudain mordu par l'ambition, il étudia son métier ; et il est aujourd'hui second sur un beau navire dont il possède une part ; marié, en outre, et père de famille. Quant à Ben Gunn, il reçut mille livres, qu'il dilapida en trois semaines – ou plus exactement en dix-neuf jours car il revint à sec le vingtième. Alors, on lui donna une loge de portier à garder, tout comme il l'avait craint sur l'île ; et il vit encore, très admiré des enfants du pays qui en font aussi un peu leur plastron[1], et chanteur distingué à l'église les dimanches et jours de fête.

De Silver nous ne savons plus rien. Ce redoutable homme de mer à une jambe a enfin disparu de ma vie ; mais je pense qu'il a retrouvé sa vieille Négresse, et peut-être vit-il toujours, heureux avec elle et Capitaine Flint. Il faut l'espérer, du moins, car ses chances de bonheur dans l'autre monde sont des plus faibles.

Les lingots d'argent et les armes sont toujours enfouis, que je sache, là où Flint les a mis ; ce n'est certes pas moi qui irai les chercher. Un attelage de bœufs ne réussirait pas à me traîner dans cette île maudite ; et les pires de mes cauchemars sont ceux où j'entends le ressac tonner sur ses côtes et où je me dresse en sursaut dans mon lit à la voix stridente de Capitaine Flint qui me corne[2] aux oreilles :

– Pièces de huit ! pièces de huit !

notes

1. plastron : victime de leurs moqueries.

2. qui me corne : qui me crie.

Au fil du texte

Questions sur le chapitre 34 (pages 153 à 161)

Avez-vous bien lu ?

1. Quelles difficultés gênent le transport du trésor vers la goélette ?

2. Quel est le travail qui incombe à Jim ?

3. Comment se comporte Silver au cours de ces préparatifs de départ ?

4. Qui va rester sur l'île ?

5. Que leur est-il laissé ? Pourquoi ?

6. Où l'*Hispaniola* fait-t-elle escale ?

7. Dans quelles conditions Silver s'échappe-t-il du bateau ?

8. Résumez ce que sont devenus les survivants de cette chasse au trésor.

exotisme : **désigne ce qui vient de contrées éloignées et qui est ressenti comme étrange, fascinant, excitant ou redoutable. L'exotisme évoque un ailleurs, des voyages, la découverte de pays lointains. Il suggère le rêve, l'évasion.**

dénouement : **la fin d'une histoire. Le dénouement peut être heureux ou malheureux. S'il est ambigu, le lecteur reste dubitatif et s'interroge.**

Étudier la tonalité exotique* (l. 488 à 502)

9. Relevez tous les mots et expressions de l'extrait qui suggèrent l'exotisme.

10. Pourquoi peut-on dire que cet exotisme contraste avec l'île au trésor ? (Relisez l'extrait du chapitre 13, pages 70-71, et vos réponses aux questions 11 et 12, pages 72-73.)

Étudier la place de l'extrait dans l'œuvre

11. Ce dénouement* vous paraît-il heureux ? Pourquoi ?

12. Auriez-vous préféré un autre dénouement ? Si oui, lequel ?

13. Quel sens peut-on donner à ce roman d'aventures ? Est-ce un roman initiatique ? La recherche du bonheur par l'aventure ou l'argent ? Le désir d'évasion ?

ÉTUDIER UNE SUITE POSSIBLE

14. Pour écrire une suite à cette histoire, quelques pistes sont envisageables : le retour de Silver ; un nouveau départ de Ben Gunn qui veut refaire fortune ; Jim Hawkins, plus âgé, qui veut revivre son aventure...
Quels autres scénarios envisageriez-vous ?

LIRE L'IMAGE

Document page 159.

15. Décrivez le dessin d'Hugo Pratt.

16. Relevez ce qui témoigne de l'intense activité qui règne sur le bateau.

À VOS PLUMES !

17. Choisissez un des scénarios qui sont proposés à la question 14 et imaginez les principaux moments de ce que pourrait être « L'île au trésor 2 ».

18. Racontez une croisière réelle ou imaginaire au cours de laquelle vous décrirez une escale à tonalité exotique.

Retour sur l'œuvre

L'HISTOIRE

1. Complétez le résumé avec les mots proposés dans la liste suivante :

mutinerie – grotte – coffre – carte – exotique.
Hispaniola – Bristol.
Trelawney – Ben Gunn – Long John Silver – Livesey.

Jim Hawkins découvre dans le .... du capitaine Billy Bones une .... de l'île au trésor. Il la porte immédiatement au docteur .... et au chevalier .... qui décident d'armer un navire dans le port de ....
Ils partent à bord de l'............................ avec un équipage de pirates dont le plus redoutable est le maître coq qui s'appelle ....
Dès leur arrivée sur l'île, une .... éclate. Jim rencontre un marin marronné, nommé ...., qui a caché le trésor dans une ....
Vainqueurs des pirates, Jim et ses amis retournent en Angleterre après avoir fait escale dans un golfe .... des Antilles.

2. Vrai ou faux ?

a) Le narrateur du roman est le capitaine Smollett qui commande la goélette.
b) Ben Gunn a vécu trois ans seul sur l'île.
c) L'*Hispaniola* coule lors d'une escale aux Antilles.
d) La carte au trésor est découverte enveloppée dans une toile cirée.
e) L'histoire se passe au XIXe siècle.

f) Jim réussit à manœuvrer seul le bateau pour le mettre à l'abri de la convoitise des pirates.
g) Un squelette est découvert au fond d'une grotte.
h) Sur l'île, Jim reçoit du courrier de sa mère.
i) Le chevalier Trelawney meurt de dysenterie sur l'île.
j) En dépit de l'argent du trésor, Ben Gunn finit sa vie dans la pauvreté.

LES PERSONNAGES

3. Reliez le personnage à ce qui lui revient.

Jim Hawkins •	• perroquet
Trelawney •	• coffre
Long John Silver •	• béquille
Ben Gunn •	• auberge
Billy Bones •	• château
	• grotte au trésor

4. Attribuez l'une des phrases suivantes à chacun des cinq personnages de la question précédente.
a) « Je serai muet comme la tombe. »
b) « Ah ! C'est qu'il y a des nuits et des nuits que je rêve de fromage… grillé, surtout… »
c) « De ces mains-ci, je lui dévisserai du corps sa tête de veau. »
d) « Emmenez le capitaine et le chevalier en bas, dans la cabine, et trouvez un prétexte pour m'y faire mander. J'ai de terribles nouvelles à vous apprendre. »
e) « Hé ! l'ami, accostez ici et aidez à monter mon coffre… »

LE VOCABULAIRE

5. Recopiez le mot qui convient devant sa définition.
Mots : *ressac – embruns – mouillage – mutinerie – virer de bord – yole – lions de mer – houle – écoper – jusant.*

Définitions :

.... *a)* Révolte de marins sur un navire.
.... *b)* Barque qui sert à rejoindre la terre à partir du navire.
.... *c)* Mouvement ondulatoire de la mer.
.... *d)* Retour violent des vagues après un obstacle.
.... *e)* Reflux de la marée descendante.
.... *f)* Vider l'eau du bateau.
.... *g)* Gouttelettes fines formées par le vent sur la crête des vagues.
.... *h)* Variété d'otaries.
.... *i)* Changer de direction.
.... *j)* Lieu d'ancrage d'un bateau.

6. Replacez les mots de la liste ci-dessous à l'endroit qui convient sur la goélette.

Mots à placer sur la goélette :
foc – grand mât – poupe – proue – beaupré – huniers – hune d'artimon – mât d'artimon – mât de misaine – grand-vergue – bâbord – tribord – carène.

Mots croisés

7. Remplissez la grille à l'aide des définitions suivantes.

1. Marins placés en haut du mât pour surveiller.
2. Coffre dans lequel le marin range ses affaires.
3. Le pont supérieur d'un bateau.
4. Cordage qui sert à amarrer et à remorquer.
5. Grand couteau, sabre.
6. Couloir à l'intérieur d'un navire.

a. Chapeau de marin imperméable.
b. Ouvriers chargés de préparer les voiles du bateau.
c. Drapeau hissé sur le navire.
d. Personne qui assure l'exploitation commerciale d'un navire.
e. Louer, affréter (un navire).

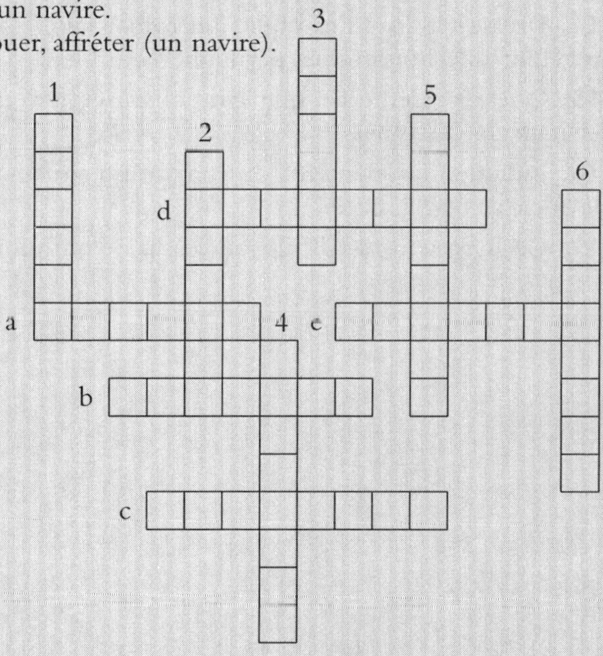

Le roman d'aventures

8. À quel public s'adresse, selon vous, *L'Île au trésor* ? Justifiez votre réponse.

9. En quoi consiste l'attente, le suspense pour les lecteurs de ce roman ?

10. Quel(s) personnage(s) avez-vous préféré(s) ? Pourquoi ?

11. Donnez quelques exemples des cruautés sanguinaires mises en scène dans ce roman.

12. Quels sentiments animent les auteurs de ces cruautés ?

13. Énumérez les principaux lieux par lesquels Jim Hawkins est passé au cours de son aventure.

14. Dressez la liste des objets du roman qui revêtent une importance particulière.

15. Que représente ou que symbolise, selon vous, chacun de ces objets ?

16. Indiquez les éléments du roman qui situent le récit au XVIIIe siècle.

17. Ce livre vous a-t-il plu ou déplu ? Pourquoi ?

Dossier
Bibliocollège

Structure narrative

On retrouve dans *L'Île au trésor* les éléments spécifiques du roman d'aventures :
– des éléments mystérieux : carte d'une île lointaine, emplacement incertain d'un trésor, marins douteux au passé trouble… ;
– des héros au caractère bien « trempé » : pirates cruels et sanguinaires, garçon dévoué et courageux qui s'enhardit et devient téméraire, gens de la bonne société aux valeurs morales irréprochables… ;
– des épisodes mouvementés et parfois sanglants : lutte d'influence, mutinerie, combat avec canons et mousquetons, assassinat…
Ces éléments constitutifs du roman d'aventures apparaissent clairement dans les titres des six parties et des trente-quatre chapitres dont voici le sommaire pour l'intégralité de l'œuvre.

Parties	**Chapitres**
Première partie *LE VIEUX FLIBUSTIER*	1. Le vieux loup de mer de l'*Amiral Benbow* 2. Où Chien Noir fait une brève apparition 3. La tache noire 4. Le coffre de mer 5. La fin de l'aveugle 6. Les papiers du capitaine
Deuxième partie *LE MAÎTRE COQ*	7. Je me rends à Bristol 8. À l'enseigne de *La Longue Vue* 9. La poudre et les armes 10. Le voyage 11. Ce que j'entends dans la barrique de pommes 12. Conseil de guerre
Troisième partie *MON AVENTURE À TERRE*	13. Où commence mon aventure à terre 14. Le premier coup 15. L'homme de l'île

Parties	Chapitres
Quatrième partie *LA PALANQUE*	16. Le docteur continue le récit : l'abandon du navire. 17. Suite du récit par le docteur 18. Suite du récit par le docteur : fin du premier jour de combat 19. Jim Hawkins reprend son récit : la garnison de la palanque 20. L'ambassade de Silver 21. L'attaque
Cinquième partie *MON AVENTURE EN MER*	22. Où commence mon aventure en mer 23. La marée descend 24. La croisière du coracle 25. J'amène le Jolly Roger 26. Israël Hands 27. « Pièces de huit ! »
Sixième partie *LE CAPITAINE SILVER*	28. Dans le camp ennemi 29. Encore la tache noire 30. Sur parole 31. La chasse au trésor : l'indicateur de Flint 32. La chasse au trésor : la voix d'entre les arbres 33. La chute d'un chef 34. Chapitre 34 et dernier

SCHÉMA NARRATIF

Situation initiale	Élément déclencheur	Péripéties	Élément équilibrant	Situation finale
Arrivée de Billy Bones et attente angoissée des pirates à l'auberge de l'*Amiral Benbow.*	Mort de Billy Bones et découverte de la carte de l'île au trésor.	Affrètement du navire, l'*Hispaniola.* Départ de Bristol. Croisière. Arrivée sur l'île et mutinerie. Prise du fortin et combats pour le trésor. Découverte de Ben Gunn et du trésor dans la grotte.	Retour en Angleterre avec une partie du trésor.	Nouveau destin des personnages aux fortunes diverses.

Il était une fois Robert Louis Stevenson

Dates clés

1850 : naissance de Stevenson.

1853 : il souffre de maladies invalidantes : tuberculose, croup…

1863, 1873 : séjours sur la Côte d'Azur, puis en Italie.

Les côtes écossaises

Robert Louis Stevenson est né à Édimbourg, en Écosse. Sa mère, Margaret, est la fille du pasteur Balfour. Trop souffrante, elle ne peut s'occuper de son fils. Ce sont des nourrices qui veilleront sur lui. Son père est ingénieur des phares et balises du Nord et « éclaire » les côtes de l'Écosse en fabriquant des systèmes optiques. Robert Louis accompagne son père au cours des tournées d'inspection. Ainsi exerce-t-il déjà son imagination vers l'océan et l'aventure.

Une enfance maladive

Très jeune, Stevenson souffre d'une forme de tuberculose difficile à soigner dans les brumes et l'humidité du climat écossais. Pendant de longues périodes, il souffre d'insuffisance respiratoire aiguë. Aussi est-il souvent obligé de garder la chambre. La vie de la famille s'organise autour de la santé de l'enfant. Il est soigné par Alison Cunningham, sa nourrice, qui lui raconte beaucoup de contes tirés de la Bible. Il imagine lui-même des histoires en jouant avec ses soldats de plomb. Il découpe et colorie aussi des séries de décors de théâtre pour enfants qu'il achète et qui développent également son imaginaire.

Les années de bohème : D'Édimbourg à Paris

À partir de 1867, il poursuit des études pour devenir, comme ses ancêtres, ingénieur des phares et balises du Nord. Cependant, il passe son temps en lectures et longues discussions. Il assiste peu aux cours. C'est le début des « années de bohème ».
En 1871, il annonce à son père qu'il ne sera pas ingénieur mais écrivain.
Déçu, son père obtient néanmoins que son fils fasse des études de droit. Malgré sa vie de bohème assez légère, il réussit ses études d'avocat mais ne parvient pas à s'insérer dans cette vie professionnelle ; il se tourne résolument vers le métier d'écrivain.

Une vie de voyages

• Canoë, randonnées pédestres, camping à la belle étoile...

Au cours de sa vie, Robert Louis Stevenson aura beaucoup voyagé.
D'abord pour des raisons de santé.
Il séjourne à plusieurs reprises sur la Côte d'Azur où le climat lui est plus favorable.
Au cours de l'été 1876, il descend la Sambre et l'Oise sur un canoë.
Ce périple est raconté dans *Voyage sur les canaux et rivières.*
À Barbizon, près de Fontainebleau, il fait la connaissance de sa future femme, Fanny Osbourne, une Américaine divorcée, de treize ans son aînée. Elle a déjà trois enfants d'un autre mariage, dont Lloyd, pour qui Stevenson écrira *L'Île au trésor.*

Dates clés

1867 : inscription à l'université d'Édimbourg.

1871-1873 : études de droit.

Juillet 1875 : il est reçu au barreau d'Édimbourg.

1875 : au cours d'une excursion dans la vallée du Loing, il est soupçonné d'être un espion prussien, arrête et jeté en prison.

1876 : rencontre avec Fanny Osbourne.

1877 : Stevenson devient chroniqueur et feuilletoniste. Il souffre d'une grave infection oculaire.

Dates clés

1878 : départ de Fanny pour l'Amérique afin de divorcer.

1879 : Stevenson rejoint Fanny en Amérique.

19 mai 1880 : mariage à San Francisco, puis retour en Angleterre. Effondrement physique.

1881 : Stevenson écrit en 15 jours les 15 premiers chapitres de *L'Île au trésor* qu'il termine en hiver.

1882 : hémorragies, séjours à Marseille, Nice et Hyères.

1883 : publication de *Treasure Island.*

1885 : au cours d'une nuit de cauchemar, Stevenson a la vision de *L'Étrange Cas du Docteur Jekyll et de Mister Hyde.* Le livre est achevé dix semaines plus tard.

En 1878, il traverse à pied les Cévennes avec son ânesse, Modestine, puis raconte son périple dans *Voyage avec un âne dans les Cévennes.*

• La Californie

Afin de rejoindre Fanny en Californie, Stevenson embarque à Glasgow, traverse l'Atlantique et part de New York en train pour Monterey, en Californie.
Ils se marient et passent leur lune de miel dans une mine d'argent désaffectée, à Silverado.
Le rivage de Californie inspirera Stevenson pour *L'Île au trésor.*

• L'Écosse, la France et la Suisse

De retour en Europe, Stevenson conçoit *L'Île au trésor* qu'il termine à Davos, en Suisse, où il séjourne pour améliorer sa santé.
Entre 1882 et 1886, Robert Louis et Fanny résident surtout en France et en Angleterre.
Stevenson publie en 1886 *L'Étrange Cas du Docteur Jekyll et de Mister Hyde,* un chef-d'œuvre de la littérature fantastique, et *Enlevé !*, un roman d'aventures.

• « Tusitala », le conteur d'histoires

Après la mort de son père, Stevenson et sa femme s'installent dans les monts Adirondacks, non loin de la frontière canadienne.
De là, ils partiront pour les mers du Sud à bord du yacht *Casco.* Au cours de ce voyage, Stevenson poursuit la rédaction d'un autre roman d'aventures, *Le Maître de Ballantrae*, publié en 1889.

Le couple s'établit d'abord à Honolulu, puis à Vailima, sur l'île d'Apia, dans l'archipel des îles Samoa.
Les indigènes, dont Stevenson adopte le mode de vie, le surnomment « Tusitala », c'est-à-dire « le conteur d'histoires ».
Stevenson écrit encore *Veillées des îles* et *Le Creux de la vague* (1893).
Il meurt foudroyé par une crise d'apoplexie.
Sa famille et ses amis l'enterrent au sommet du mont Vaea, où sa tombe surplombe l'océan Pacifique.

Dates clés

1886 : publication de *L'Étrange Cas du Docteur Jekyll et de Mister Hyde*, dont le retentissement est considérable en Angleterre et en Amérique.

8 mai 1886 : mort du père de Stevenson.

1894 : mort de Stevenson.

Le XIXe siècle, l'âge d'or du roman

Introduction

Si le XVIIe siècle a été l'âge d'or du théâtre, le XIXe siècle est celui du roman.
Les progrès de l'imprimerie, des modes de publication et de diffusion, les livres moins chers, le niveau scolaire plus élevé… sont à l'origine de ce succès.

Vocabulaire

rotatives : presses à imprimer qui agissent à l'aide de cylindres.

lithographie : procédé d'impression qui consiste à reproduire des dessins tracés avec une encre ou un crayon gras sur une pierre calcaire.

taux d'alphabétisation : pourcentage de personnes qui savent lire et écrire.

Les techniques de l'impression progressent

Cette progression est due à des nouveautés parmi lesquelles :
– l'abolition de la taxe sur le papier ;
– des procédés d'impression nouveaux : presse métallique, rotatives* à vapeur, clavier à caractères, lithographie*, photographie…
De tels progrès permettent une augmentation importante de l'offre de lecture sous forme de romans, journaux…

Le niveau de l'instruction s'élève

En 1850, le taux d'alphabétisation* en Grande-Bretagne était de 70 % pour les hommes et seulement de 55 % pour les femmes.
En 1890, il est de 90 % et l'écart entre les hommes et les femmes n'apparaît plus.
Des prises de décision efficaces sont à l'origine de cette évolution :

– attribution de fonds publics à l'enseignement qui permet le doublement des écoles primaires que les écoliers quittent à 11 ans (13 ans en France). Néanmoins, tous n'y entrent pas et les filles moins que les garçons ;
– l'école primaire devient gratuite, générale et obligatoire en 1880. Mais déjà les deux tiers de la classe ouvrière savent lire à cette date.

Ainsi, le nombre de lecteurs potentiels* de romans et de journaux a progressé considérablement et les romans accessibles et plaisants sont tirés à plusieurs milliers d'exemplaires.
Les lecteurs démunis peuvent lire ou emprunter des romans dans des « cabinets de lecture* » moyennant une faible cotisation.

Vocabulaire

lecteurs potentiels : lecteurs possibles, susceptibles d'entreprendre la lecture de journaux, de romans, etc.

cabinets de lecture : bibliothèques.

lectorat : ensemble des lecteurs d'un journal, d'une revue…

L'ÉDITION ET LA DIFFUSION DU ROMAN SE DIVERSIFIENT

Un roman peut être publié sous forme de feuilletons, puis en livraisons de plusieurs fascicules indépendants, enfin sous forme de volumes, luxueux ou à bon marché.

Le roman feuilleton est publié par fragments ou épisodes dans un quotidien, un hebdomadaire ou un mensuel. Il est une forme de prépublication, un récit en train de s'écrire. Les auteurs se sont soumis aux contraintes de temps, d'espace et de goût imposées par les journaux. Pour fidéliser leur lectorat*, les auteurs imaginent des intrigues à rebondissements, des coups de théâtre avec points de suspension… de telle manière que le lecteur ait envie de connaître la suite. Il devra donc acheter la livraison suivante.

• Une révolution dans la presse

En 1836, Émile de Girardin a l'idée de lancer une gazette à bon marché : *La Presse*. Il fait passer son prix de 80 à 40 francs. Cette décision lui permet d'augmenter le nombre des lecteurs et de multiplier les annonces publicitaires. De plus, pour fidéliser ses lecteurs, il publie des romans, fragment par fragment.
Il obtient un tel succès que tous ses concurrents se voient dans l'obligation d'utiliser les mêmes méthodes. C'est ainsi qu'est née une alliance entre la presse et la littérature.
Le 8 pluviôse* an VIII, l'abbé Geoffroy publie le premier feuilleton dramatique dans le *Journal des débats*.

• Quelques exemples célèbres

Eugène Sue ignore la suite que prendra son récit quand il rédige les premiers chapitres des *Mystères de Paris*, publiés en feuilleton dans le *Journal des débats* entre 1842 et 1843. Mais son succès foudroyant l'oblige à poursuivre la rédaction de son histoire en l'adaptant au goût de ses lecteurs.
Stevenson publie *L'Île au trésor* par épisodes en 1881 et 1882 dans le magazine *Young Folks* (Jeunes Gens), puis il l'édite sous forme de roman en 1883.
Balzac, Zola, Gautier, Dumas, Hugo, Lamartine, Chateaubriand, Flaubert… et tant d'autres publient quelques-unes de leurs œuvres sous forme de feuilleton.
Le Russe **Dostoïevski,** en 1846, se fait connaître lors de la publication en feuilleton d'un roman, *Les Pauvres Gens*, paru dans le *Recueil de Saint-Pétersbourg*.
Le roman devient, au XIXe siècle, le genre littéraire le plus à la mode. La littérature se démocratise*.
Plus tard, le cinéma, la radio et la télévision reprendront ce système de publication pour fidéliser leur lectorat.

Vocabulaire

pluviôse : cinquième mois du calendrier républicain (du 20 janvier au 20 février).

se démocratise : devient accessible à tous.

L'Île au trésor, un roman d'aventures

Le mot « aventure »

Le mot « aventure » vient du latin *adventura* qui veut dire « les choses qui doivent arriver ».
Le dictionnaire en donne les différents sens :

1° Ce qui doit arriver à quelqu'un. **Aventure, destin, destinée.**
2° Ce qui arrive d'imprévu, de surprenant. **Accident, mésaventure.**
3° Ensemble d'activités, d'expériences qui comportent du risque, de la nouveauté et auxquelles on accorde une valeur humaine. **Hasard, péril.**
4° À l'aventure : au hasard, sans dessein arrêté.

L'aventure est introduite dans *L'Île au trésor* par un bouleversement dans la vie quotidienne du jeune Jim Hawkins : l'arrivée de Billy Bones à l'auberge de l'*Amiral Benbow* et la découverte de la carte de l'île au trésor dans le coffre. Cette irruption laisse entrevoir des dangers, voire une mort possible.

Les attentes du lecteur de roman d'aventures

Le roman d'aventures se distingue d'autres catégories de romans comme le policier, le fantastique, la science-fiction, le merveilleux, l'espionnage… par des éléments qui lui sont propres.

Ainsi, entreprendre la lecture d'un roman d'aventures, c'est se soumettre à un certain nombre d'attentes, au nombre desquelles :
– une aventure à l'avenir incertain avec un jeune héros, narrateur enfant ;
– des péripéties dangereuses, inattendues, extraordinaires, fertiles en rebondissements* et en suspense* ;
– un voyage dangereux qui peut avoir lieu sur un bateau voguant sur des eaux pas toujours très calmes ;
– la présence de personnages qui se répartissent en deux camps antagonistes : les bons, à la moralité irréprochable, et les méchants, cupides et sanguinaires ;
– l'arrivée sur une île lointaine ou une contrée sauvage et inconnue ;
– l'impatience de découvrir enfin un trésor trop bien caché…
La mise en scène de ces éléments est aussi celle de passions humaines telles que la peur, la volonté, le courage, l'abnégation, l'instinct de mort, l'amour…

Vocabulaire

rebondissements : il n'y a pas de réponse sans nouvelle question, pas de solution sans nouveaux problèmes, pas d'événements sans attente…

suspense : procédé de narration qui consiste à faire attendre et désirer la réponse à une question que le lecteur se pose.

La genèse de *L'Île au trésor*

Stevenson :
« *Un de ces après-midi, je fis la carte d'une île. Elle était parfaitement réussie à mon goût et j'y avais mis de belles couleurs. Sa forme s'empara de mon imagination plus que je ne saurais le dire, ses ports m'enchantaient autant que des sonnets ; inconscient alors du destin qui l'attendait, j'appelais mon œuvre « l'île au trésor ».*
Ce dont je me souviens après, c'est de me retrouver devant des feuilles et d'y écrire la liste des chapitres.
Par un frais matin de septembre, près d'une cheminée où brûlait un bon feu, la pluie tambourinait sur les fenêtres ;

je commençais à écrire "le cuisinier des mers" car tel était le titre auquel je pensais d'abord. J'ai commencé et fini un certain nombre d'autres livres mais je ne me souviens pas de m'être attelé à aucun d'entre eux avec autant de bonheur et de satisfaction. »

Ainsi, la carte de l'île préexiste-t-elle à l'histoire. La genèse de *L'Île au trésor* s'inspire de souvenirs et de rêves d'enfance de l'auteur. Sa complicité avec son beau-fils Lloyd fera le reste.

QUELQUES ŒUVRES QUI ONT MARQUÉ L'HISTOIRE DU ROMAN D'AVENTURES

Dates	Titres	Auteurs
1719	*Robinson Crusoé*	Daniel Defoe
1724	*Histoire des pirates*	Daniel Defoe
1826	*Le Dernier des Mohicans*	James Cooper
1844	*Les Trois Mousquetaires*	Alexandre Dumas
1864	*Voyage au centre de la Terre*	Jules Verne
1870	*Vingt mille lieues sous les mers*	Jules Verne
1872	*Le Tour du monde en quatre-vingts jours*	Jules Verne
1875	*L'Île mystérieuse*	Jules Verne
1883	***L'Île au trésor***	**R. L. Stevenson**
1889	*Le Maître de Ballantrae*	R. L. Stevenson
1898	*Moonfleet*	J. M. Falkner
1901	*Kim*	Rudyard Kipling
1904	*Nostromo*	Joseph Conrad
1920	*À bord de l'étoile Matutine*	Pierre Mac Orlan
1942	*L'Ancre de miséricorde*	Pierre Mac Orlan
1985	*Le Chercheur d'or*	J.-M. G. Le Clézio
1994	*L'Île du jour d'avant*	Umberto Eco

Florilège de quelques phrases clés de *L'Île au trésor*

– « *Terre !* » (p. 62).
– « *Il avait les mains couturées de cicatrices, les ongles noirs et déchiquetés, et la balafre du coup de sabre, d'un blanc sale et livide, s'étalait en travers de sa joue* » (p. 14).
– « *Je connaissais le terme* [marronné] *et savais qu'il désignait un de ces horribles châtiments usités chez les flibustiers, qui consiste à déposer le coupable, avec un peu de poudre et quelques balles, sur une île déserte et lointaine* » (p. 82).
– « *Dans le fond,* [...] *j'entrevis d'énormes empilements de monnaies et des pyramides de lingots d'or.* [...] *À quel prix l'avait-on amassé, combien de sang et de douleurs il y avait fallu, combien de beaux navires coulés à fond, combien de braves gens lancés à la mer, combien de coups de canon, combien de hontes, de mensonges et de forfaits, nul au monde n'eût pu le dire* » (pp. 149-150).

***La Planète au trésor*, film rétrofuturiste adapté de *L'Île au trésor*, Walt Disney Pictures, 2002.**

Groupement de textes :
La mer et ses images dans le roman d'aventures

Nous avons vu (page 130) comment Stevenson, pour décrire la mer, utilisait des mots habituellement employés pour la montagne :

« Je découvris que chaque vague, au lieu d'être cette éminence épaisse, lisse et luisante qu'elle paraît du rivage ou du pont d'un navire, était absolument pareille à <u>une chaîne de montagnes terrestres</u>, avec ses <u>pics</u>, ses <u>plateaux</u> et ses <u>vallées</u>. Le coracle, livré à lui-même, virant d'un bord sur l'autre, s'enfilait, pour ainsi dire, parmi les <u>régions plus basses</u>, et évitait <u>les pentes escarpées</u> et <u>les points culminants</u> de la vague. »

En lisant les textes suivants, extraits de romans d'aventures, vous constaterez que bien d'autres auteurs (Jules Verne, Umberto Eco, J. M. Falkner, Ernest Hemingway, J.-M. G. Le Clézio…) utilisent également ces figures d'analogies : comparaisons, métaphores, métaphores filées… À ces figures de style s'ajoutent des champs lexicaux inattendus, des personnifications, des rythmes de phrases aux amplitudes étudiées, des retours de sonorités évocatrices… qui font jaillir des images et rendent la lecture particulièrement captivante.

La fascination exercée par la mer sur les personnages (et donc les auteurs) est extraordinaire : attirance, répulsion, bonheur, admiration, rejet, souffrance…, la mer ne laisse jamais indifférent.

Le Chercheur d'or, de J.-M.G. Le Clézio

Alexis, le narrateur, a huit ans. Adolescent, il quitte l'île Maurice à bord du *Zeta* et part à la recherche du trésor. Sa fascination pour la mer est omniprésente dans sa quête qui sera celle, d'abord et avant tout, de l'amour, l'amour de la vie dans la magnificence du monde.

Du plus loin que je me souvienne, j'ai entendu la mer. Mêlé au vent dans les aiguilles des filaos[1], au vent qui ne cesse pas, même lorsqu'on s'éloigne des rivages et qu'on s'avance à travers les champs de canne, c'est ce bruit qui a bercé mon enfance. Je l'entends maintenant, au plus profond de moi, je l'emporte partout où je vais. Le bruit lent, inlassable, des vagues qui se brisent au loin sur la barrière de corail, et qui viennent mourir sur le sable de la rivière Noire. Pas un jour sans que j'aille à la mer, pas une nuit sans que je m'éveille, le dos mouillé de sueur, assis dans mon lit de camp, écartant la moustiquaire et cherchant à percevoir la marée, inquiet, plein d'un désir que je ne comprends pas.

Je pense à elle comme à une personne humaine, et dans l'obscurité, tous mes sens sont en éveil pour mieux l'entendre arriver, pour mieux la recevoir. Les vagues géantes bondissent par-dessus les récifs, s'écroulent dans le lagon[2], et le bruit fait vibrer la terre et l'air comme une chaudière. Je l'entends, elle bouge, elle respire. […]

Ici, le bruit de la mer est beau comme une musique. Le vent apporte les vagues qui se brisent sur le socle de corail, très loin, et j'entends chaque vibration dans les rochers, et courant dans le ciel. Il y a comme un mur à l'horizon, sur lequel la mer cogne, s'efforce. Des gerbes d'écume jaillissent parfois, retombent dans les récifs. La marée a commencé à monter. […]

J'ouvre les yeux, et je vois la mer. Ce n'est pas la mer d'émeraude que je voyais autrefois, dans les lagons, ni l'eau noire devant l'estuaire de la rivière du Tamarin. C'est la mer comme

---

1. filao ou casuarina : arbre tropical à feuilles très réduites.

2. lagon : étendue d'eau isolée de la mer par un récif corallien.

je ne l'avais jamais vue encore, libre, sauvage, d'un bleu qui donne le vertige, la mer qui soulève la coque du navire, lentement, vague après vague, tachée d'écume, parcourue d'étincelles.

J.-M. G. Le Clézio, *Le Chercheur d'or*, Gallimard, 1985.

Moonfleet, de J. M. Falkner

Le narrateur s'appelle John Trenchard. Il a quinze ans lorsque débute cette histoire. Tout commence un soir d'automne de l'année 1757. Le soleil s'est couché. Il fait même si sombre déjà que le bas de la rue, du côté de la mer, se perd dans la nuit. Dangers, mystères, atmosphère pesante…

Notre village se trouve tout près du centre de la baie de Moonfleet, une vaste échancrure de vingt milles de large, qui se referme en un piège mortel sur les marins qui remontent la Manche et sont poussés par un coup de suroît[1]. Car si l'on ne peut doubler le Bec, quand le vent souffle fort du Sud, on va obligatoirement à la côte. Quantité de bons navires qui n'ont pas réussi à passer le cap ont ainsi louvoyé toute la journée dans la baie pour finalement s'échouer dans la soirée. Là, une fois sur la plage, la mer n'a pas de merci. L'eau est très profonde, tout près de la côte, les vagues déferlent sur les galets avec une violence qu'aucune coque ne peut supporter, et si les pauvres diables essaient de sauver leur vie, un terrible courant de fond, ressac[2] mortel, les entraîne de nouveau sous les déferlantes[3]. C'est le bruit des galets emportés, roulés par ce ressac, que l'on entend à des milles dans l'intérieur des terres et jusqu'à Dorchester, par les nuits calmes, bien après que le vent est tombé – et les gens alors se retournent dans leurs lits, remerciant Dieu de n'avoir pas à lutter contre la mer sur la plage de Moonfleet.

J. M. Falkner, *Moonfleet*, traduit par Florence Herbulot, coll. « Libretto », Éditions Phébus, 1989.

---

1. suroît : vent du sud-ouest.

2. ressac : retour des vagues sur elles-mêmes après avoir heurté le rivage.

3. déferlantes : vagues qui se déploient et se brisent en écume.

L'Île mystérieuse, de Jules Verne

Cinq prisonniers évadés des troupes sudistes américaines s'enfuient à bord d'un ballon. Une effroyable tempête les échoue sur une île déserte au milieu de l'océan Pacifique.

Un ballon porté comme une boule au sommet d'une trombe, et pris dans le mouvement giratoire de la colonne d'air, parcourait l'espace avec une vitesse de quatre-vingt-dix milles à l'heure, en tournant sur lui-même, comme s'il eût été saisi par quelque maelström[1] aérien.

Au-dessous de l'appendice inférieur de ce ballon oscillait une nacelle, qui contenait cinq passagers, à peine visibles au milieu de ces épaisses vapeurs, mêlées d'eau pulvérisée, qui traînaient jusqu'à la surface de l'océan.

Ce n'était ni un continent, ni même une île, qui s'étendait au-dessous d'eux. L'espace n'offrait pas un seul point d'atterrissement, pas une surface solide sur laquelle leur ancre pût mordre. C'était l'immense mer, dont les flots se heurtaient encore avec une incomparable violence ! C'était l'océan sans limites visibles, même pour eux, qui le dominaient de haut et dont les regards s'étendaient alors sur un rayon de quarante milles ! C'était une plaine liquide, battue sans merci, fouettée par l'ouragan, qui devait leur apparaître comme une chevauchée de lames échevelées, sur lesquelles eût été jeté un vaste réseau de crêtes blanches ! Pas une terre en vue, pas un navire ! [...]

C'est *in extremis* que le ballon put déposer les passagers sur une « île mystérieuse ».
Mais la mer reste redoutable.

Le mauvais temps s'était absolument déclaré. Un coup de vent du sud-est passait sur la côte avec une violence sans égale. On entendait la mer, qui baissait alors, mugir contre la lisière des premières roches, au large du littoral. La pluie, pulvérisée par l'ouragan, s'enlevait comme un brouillard liquide. On eût dit des haillons[2] de vapeurs qui traînaient sur la côte, dont les galets

1. ***maelström :*** tourbillon marin très violent.
2. ***haillons :*** vêtements usés, déchirés.

bruissaient violemment, comme des tombereaux de cailloux qui se vident. Le sable, soulevé par le vent, se mêlait aux averses et en rendait l'assaut insoutenable. Il y avait dans l'air autant de poussière minérale que de poussière aqueuse[1]. Entre l'embouchure de la rivière et le pan de la muraille, de grands remous tourbillonnaient, et les couches d'air qui s'échappaient de ce maelström ne trouvaient d'autre issue que l'étroite vallée au fond de laquelle se soulevait le cours d'eau, s'y engouffraient avec une irrésistible violence.

Jules Verne, *L'Île mystérieuse*, 1874.

L'Île du jour d'avant, d'Umberto Eco

Roberto de la Grive, guerrier, savant, agent secret, naufragé sur le 180e méridien qui sépare hier d'aujourd'hui, nous fait vivre ses aventures dans le temps et dans l'espace. Il n'échappe pas à une épreuve de force contre une mer déchaînée.

La mer vomissait sur les matelots et les matelots vomissaient dans la mer, et parfois une vague les enveloppait de telle sorte que depuis les rivages on eût pu prendre ce tillac[2] pour un cercueil de glace autour duquel les foudres s'allumaient comme des cierges.

D'abord la tempête opposait nuées aux nuées, lames aux lames, vents aux vents. Mais bientôt la mer était sortie de ses confins prescrits et croissait, turgescente[3] vers le ciel, et chutait furieuse la pluie, l'eau se mêlait à l'air, l'oiseau apprenait à nager, à voler le poisson. Ce n'était plus une lutte de la nature contre les navigateurs, mais plutôt une bataille des éléments entre eux. Il n'était atome d'air qui ne se fût changé en une sphère de grêlon, et Neptune[4] montait pour éteindre les éclairs dans les mains de Jupiter[5], afin de lui ôter le plaisir de brûler ces humains, qu'il voulait au contraire noyés. La mer creusait en

1. ***aqueuse :*** qui ressemble à de l'eau.
2. ***tillac :*** pont supérieur d'un navire.
3. ***turgescente :*** qui augmente de volume.
4. ***Neptune :*** dieu de la mer.
5. ***Jupiter :*** dieu romain, maître du panthéon.

son sein même une tombe pour les soustraire à la terre et, comme elle voyait le navire mettre le cap sans direction sur un récif, d'un revers de main subit elle le faisait bondir dans une autre direction.

Le vaisseau plongeait, poupe et proue, et chaque fois qu'il s'effondrait on eût dit qu'il prenait son vol du haut d'une tour : la poupe sombrait jusqu'à la galerie, et à la proue l'eau semblait vouloir avaler le beaupré[1].

Andrapode, qui essayait de fréler une voile, avait été arraché à la vergue et en tombant dans les vagues il avait heurté Boride qui tendait une corde, lui disloquant la tête.

La carcasse refusait maintenant d'obéir au timonier Ordogne, tandis qu'une autre rafale déchirait d'un coup la penne[2] d'artimon[3]. Safar s'ingéniait à caler les voiles, exhorté par Ferrante qui proférait des imprécations[4] ; mais avant qu'il eût fini de serrer la grand-voile, le navire s'était mis en travers et avait reçu au flanc trois vagues d'une telle hauteur qu'il avait été projeté par dessus bord. Le grand mât s'était soudain brisé, tombant à la mer, non sans avoir d'abord dévasté le tillac et fracassé le crâne d'Asprande. Et enfin le gouvernail avait éclaté en morceaux, alors qu'un coup dément de la barre enlevait la vie à Ordogne. Désormais ce moignon de navire était sans équipage, alors que les derniers rats se répandaient par-dessus bord, chutant dans l'eau à laquelle ils voulaient échapper.

Umberto Eco, *L'Île du jour d'avant*,
traduit de l'italien par Jean-Noël Schifano, Grasset, 1996.

Le Vieil Homme et la mer, d'Hemingway

Il était une fois un vieil homme, tout seul dans son bateau qui pêchait au milieu du Gulf Stream…

Dans l'obscurité le vieux devinait l'aube. Il entendait en ramant les vibrations des poissons volants qui jaillissaient de l'eau, le

1. ***beaupré :*** mât oblique ou horizontal à l'avant du navire.
2. ***penne :*** extrémité supérieure de l'antenne d'une voile.
3. ***artimon :*** petit mât à l'arrière d'un navire.
4. ***imprécations :*** souhaits de malheur contre quelqu'un.

sifflement de leurs ailes raides quand ils s'élançaient dans la nuit. Il aimait beaucoup les poissons volants ; c'était, pour ainsi dire, ses seuls amis sur l'océan. Les oiseaux lui faisaient pitié, les hirondelles de mer surtout, si délicates dans leur sombre plumage, qui volent et guettent sans trêve, et presque toujours en vain. Les oiseaux, ils ont la vie plus dure que nous autres, pensait-il, à part les pies voleuses et les gros rapaces. En voilà une idée de faire des petites bêtes mignonnes, fragiles, comme des hirondelles de mer, quand l'océan c'est tellement brutal ? C'est beau l'océan, c'est gentil, mais ça peut devenir brutal, bougrement brutal en un clin d'œil. Ces petits oiseaux-là qui volent, qui plongent, qui chassent avec leurs petites voix tristes, c'est trop délicat pour l'océan.

Il appelait l'océan *la mar*, qui est le nom que les gens lui donnent en espagnol quand ils l'aiment. On le couvre aussi d'injures parfois, mais cela est toujours mis au féminin, comme s'il s'agissait d'une femme. Quelques pêcheurs parmi les plus jeunes, ceux qui emploient des bouées en guise de flotteurs pour leurs lignes et qui ont des bateaux à moteurs, achetés à l'époque où les foies de requins se vendaient très cher, parlent de l'océan en disant *el mar*, qui est masculin. Ils en font un adversaire, un lieu, même un ennemi. Mais pour le vieux, l'océan c'était toujours *la mar*, quelque chose qui dispense ou refuse de grandes faveurs ; et si *la mar* se conduit comme une folle, ou comme une mégère[1], c'est parce qu'elle ne peut pas faire autrement : la lune la tourneboule comme une femme.

Il ramait toujours. Cela ne lui demandait aucun effort parce qu'il gardait bien sa vitesse et parce que la surface de l'océan était lisse, sauf quelques rides produites par le courant de temps à autre. Le courant faisait le tiers de la besogne. Quand le jour pointa, le vieux avait parcouru plus de chemin qu'il ne l'espérait.

Ernest Hemingway, *Le Vieil Homme et la mer*,
traduit par Jean Dutourd, Gallimard, 1952.

---

1. mégère : méchante femme.

***La Planète au trésor*, film rétrofuturiste adapté de *L'Île au trésor*, Walt Disney Pictures, 2002.**

Bibliographie et filmographie

Lire d'autres œuvres de Robert Louis Stevenson

Stevenson est un écrivain aux formes d'expression multiples. Pour mieux connaître son œuvre, on pourra lire :

L'Étrange Cas du Docteur Jekyll et de Mister Hyde
Enlevé !
Catriona
Le Maître de Ballantrae
La Flèche noire
Deux contes noirs
Les Naufragés de Soledad
Fables
Ceux de Felsea
Veillées des îles
Dans les mers du Sud
L'Esprit d'aventure

Lire d'autres romans d'aventures

Parmi les plus connus d'une très longue liste, on peut retenir :

Robinson Crusoé, Daniel Defoe
Le Vieil Homme et la mer, Ernest Hemingway
Bulle ou la Voix de l'océan, René Fallet
Le Scarabée d'or, Edgar Poe
La Perle, John Steinbeck
Les Enfants du capitaine Grant, L'Île mystérieuse, 20 000 lieues sous les mers, Jules Verne
Vendredi ou les Limbes du Pacifique, Michel Tournier
L'Île du jour d'avant, Umberto Eco
Les Voyages de Gulliver, Jonathan Swift

Regarder un film

L'Île au trésor a connu de nombreuses adaptations cinématographiques, parmi lesquelles :

– 1920 : Maurice Tourneur. Avec Lon Chaney, Shirley Mason, Charles Ogle.

– 1934 : Victor Fleming. Avec : Wallace Beery, Jackie Cooper, Lewis Stone, Lionel Barrymore.

– 1950 : Byron Haskin. Avec Robert Newton, Bobby Driscoll, Walter Fitzgerald.

– 1971 : John Hough. Avec Orson Welles (dans le rôle de Silver), Kim Burfield, Walter Slezac.

– 1990 : Fraser Heston. Avec Charlton Heston (Silver), Christian Bale, Christopher Lee.

Un autre film d'aventures :

– 1997 : *Les Naufragés du Pacifique* de Stewart Raffill.

Lire une bande dessinée

L'Île au trésor, Hugo Pratt, Casterman « Luxe », 1988.

Achevé D'imprimer en Italie par Rotolito Lombarda
Dépôt légal : Septembre 2011 - Collection n° 63 - Edition 10
16/8694/8